www.ingramcontent.com/pod-product-compliance
Lightning Source LLC
LaVergne TN
LVHW010406070526
838199LV00065B/5908

بڑے آدمیوں کا عشق

(حصہ: ۱)

خوشتر گرامی

© Taemeer Publications LLC
Love Stories of Great Men - 1
by: Khushtar Girami
Edition: October '2024
Publisher :
Taemeer Publications LLC (Michigan, USA / Hyderabad, India)

ISBN 978-93-5872-323-6

مرتب یا ناشر کی پیشگی اجازت کے بغیر اس کتاب کا کوئی بھی حصہ کسی بھی شکل میں بشمول ویب سائٹ پر
اَپ لوڈنگ کے لیے استعمال نہ کیا جائے۔ نیز اس کتاب پر کسی بھی قسم کے تنازع کو نمٹانے کا اختیار
صرف حیدرآباد (تلنگانہ) کی عدلیہ کو ہو گا۔

© تعمیر پبلی کیشنز

کتاب	:	**بڑے آدمیوں کا عشق** (حصہ : ۱)
مرتبہ	:	**خوشتر گرامی**
صنف	:	سوانحی کہانیاں
ناشر	:	تعمیر پبلی کیشنز (حیدرآباد، انڈیا)
سالِ اشاعت	:	۲۰۲۴ء
صفحات	:	۹۸
سرورق ڈیزائن	:	تعمیر ویب ڈیزائن

فہرست

(۱) نپولین کا عشق	9
(۲) ملکہ سپین کا عشق	16
(۳) کلایو کی عجیب و غریب داستان عشق	22
(۴) راجپوتنی کا پریم	27
(۵) ملکہ سویڈن کی محبت	33
(۶) انگلستان کی شہرہ آفاق ادیبہ کی محبت	40
(۷) نپولین کی ملکہ کا عشق	45
(۸) ابراہام لنکن کی داستانِ محبت	51
(۹) تیمور لنگ اور حمیدہ بانو بیگم	57
(۱۰) چندر گپت کی محبوبہ	67
(۱۱) بالشویک حکومت کے بانی لینن کی محبت	74
(۱۲) چنگیز خان کی خود کشی	81
(۱۳) مہشور آرٹسٹ میری پکفورڈ کی داستانِ عشق	92

بڑے آدمیوں کا عشق نامی اس دلچسپ کتاب میں حسن و عشق کے ایسے سچے اور صحیح واقعات کا بیان ہے کہ مشاہیر عالم نے محبت کے جال میں پھنس کر کیا کچھ کیا ہے؟

اس کتاب میں عشق و محبت کی مختلف داستانیں بیان ہوئی ہیں۔ اور یہ داستانیں یورپ کی مختلف زبانوں سے براہ راست نہایت محنت سے اخذ کی گئی ہیں۔ ان داستانوں میں کہیں کہیں افسانے کا رنگ بھی چڑھایا گیا ہے۔ یہ تمام داستانیں (غیر منقسم) ہندوستان کے چوٹی کے ادیبوں کی عرق ریزی کا نتیجہ ہیں۔ اگست ۱۹۳۶ء میں اس کتاب کا پہلا ایڈیشن شائع ہوا، دوسرا ایڈیشن فروری ۱۹۳۷ میں اور تیسرا ایڈیشن اگست ۱۹۳۷ء میں سامنے آیا۔ یہ کتاب اسی تیسرے ایڈیشن کی منتخب داستانوں پر مشتمل ہے۔

دیباچہ

(از ادیب الملک حضرت اختر شیرانی صاحب ایڈیٹر "رومان")

محبت ایک کائنات گیر جذبہ ہے! زمان و مکان کی قیود سے بالا، افلاس و دولت کے اختلاف سے بلند اور مذہب و ملت کے فرق سے بیگانہ!

یہ رنگین جذبہ بنی آدم کی فطری میراث، ناقابل تبدیل ملکیت اور "پیدائشی حق" ہے جو ہر زمانے میں، ہر مقام پر اور ہر حال میں یکساں طور پر پیدا ہوتا اور یکساں طور پر پھلتا پھولتا ہے۔

غریب چرواہے کی جھونپڑی ہو یا دولتمند شہزادے کا محل! محبت، دونوں کا ایک ہی ہاتھ سے دروازہ کھٹکھٹاتی اور ایک ہی راستے سے اندر آتی ہے بادیہ عرب کا آوارگی خوگر اور سادگی مزاج قیس ہو یا امارت آباد فرانس کا باعظمت نپولین ـــــ محبت دونوں کے ہونٹوں پر ایک ہی قسم کی آہ پیدا کرتی ہے حبشے کا سیاہ فام سپاہی ہو یا انگلستان کا سفید رنگ نائٹ ـــــ محبت دونوں کو ایک ہی رنگ میں رنگ دینے کی عادی ہے۔

شیریں و زلیخا کی مشرقی بارگاہیں ہوں یا کرسٹینا اور لوئیسا کی مغربی خواب گاہیں ـــــ عشق کا، ہوا، بارش اور چاندنی کی طرح ہر جگہ گزر ہے ؎

محبت جب کسی کے سازِ دل کو گدگداتی ہے
نہیں کرتی ہے فرق شہر و صحرا ماہتاب آسا
چلی آتی ہے سینے کی فضاؤں میں حجاب آسا
اور آ کر روح کی گہرائیوں میں ڈوب جاتی ہے!

محبت میں مبتلا ہو کر ہر چھوٹے سے چھوٹا انسان اپنے آپ کو بہت بڑا آدمی سمجھنے لگتا ہے۔ (یہ محبت کا غرور ہے!) پھر بڑے آدمیوں کا کیا حال ہوتا ہوگا؟ اس کا جواب اگلے صفحات میں تلاش کیجئے۔ گو صدیوں پہلے جامی کے حقیقت نگار قلم نے اس کا فیصلہ کر دیا ہے ؎

بندۂ عشق شدی ترکِ نسب کن جامی
کہ دریں راہ فلاں ابنِ فلاں چیزے نیست

جناب خوشتر رکنِ ادارۂ "بہارستان" جو ادبی اور نصابی دنیا میں دیرینہ شہرت کے مالک ہیں اور جن کی درسی کتابیں پنجاب کے علاوہ دہلی، یو۔پی، سی۔پی اور سرحد میں بھی نصاب اردو کے طور پر منظور شدہ ہیں۔ اس کتاب کے ذریعے سے اردو خوان طبقے کو ایک نئے اور دلچسپ ادبی سلسلۂ اشاعت سے روشناس کرانا چاہتے ہیں۔ جس کی مقبولیت کی مجھے کامل امید ہے ؛

اختر شیرانی

نپولین کا عشق

ایک لفٹننٹ کی بیوی سے

(جناب اختر شیرانی ایڈیٹر "رومان" لاہور)

نپولین ملک پر ملک مسخر کرتا اور فتح کے پرچم اُڑاتا مصر پہنچ چکا تھا کہ یکایک برطانوی بیڑے نے فرانسیسی جہازوں کا محاصرہ کر کے اُنہیں بیکار کر ڈالا اور یورپ کا فاتح اعظم کچھ عرصہ کے لئے مصر میں ہاتھ پر ہاتھ دھرے بیٹھے رہنے پر مجبور ہو گیا۔ لیکن نپولین نے جیسی بیقرار طبیعت پائی تھی ویسے ہی قدرت کی طرف سے اُس کیلئے سامان ہو جاتے تھے اگر جنگ کا دیوتا تھوڑے دنوں کے لئے مہلت دیتا تو کام دیوتا آن موجود ہوتا اور نپولین ملکی فتوحات کی جگہ نسوانی دلوں کی تسخیر میں مشغول ہو جاتا۔

ان بیکاری کے دنوں میں نپولین قدرتی طور پر بہت بیقرار تھا مصر کے ایک عرب سردار نے شہنشاہ کی خوشنودی کے لئے چند حسین کنیزیں

منتخب کر کے اُس کی خدمت میں تحفتاً بھیجیں۔ لیکن اُن میں سے کوئی بھی نپولین کو پسند نہ آئی۔ اِس لئے سب کی سب واپس کر دی گئیں۔ اُن کا حسن ملیح۔ گدرایا ہوا جوبن۔ ناز اور کرشمے بیشک بہت دلچسپ تھے لیکن اُن کی کمر کی لچک مغربی تتلیوں کا مقابلہ نہ کر سکتی تھی اور یہ عیب نفاست پسند بادشاہ کی نظر میں بہت بڑا تھا ۔

آخر قدرت نے نپولین کے دل کی تسکین کا سامان کر دیا۔ ایک دن قاہرہ کے بازار میں ایک نوجوان فرانسیسی حسینہ نظر پڑی جسے دیکھتے ہی شہنشاہ کا صبر و قرار جاتا رہا۔ حسینہ گھوڑے پر سوار تھی۔ جب وہ نظروں سے اوجھل ہو گئی تو نپولین نے اپنے جرنیل سے پوچھا "یہ عورت قاہرہ کیسے آگئی؟"

جرنیل سب کچھ سمجھ چکا تھا۔ عرض کی کہ ایک لفٹنٹ کی بیوی ہے۔ اگرچہ حضور نے حکم دے رکھا تھا کہ کوئی سپاہی اپنی بیوی ساتھ نہ لیجائے مگر یہ مردانہ لباس میں یہاں آپہنچی۔ اِس کی پوشیدہ آمد کا راز آج سے چند روز پہلے کسی کو معلوم نہ تھا ۔

نپولین کے مُنہ سے بے ساختہ نکلا "اتنی دلیر! اُف کتنی خوبصورت ہے یہ!"

دوسرے ہی دن میڈم فورے حیرت سے آنکھیں پھاڑ پھاڑ کر ایک دعوتی کارڈ پڑھ رہی تھی جو اُسے جرنیل کی طرف سے موصول ہوا تھا۔ شام کو خاوند سے ذکر کیا تو وہ جامے سے باہر ہو گیا۔ کہنے لگا۔ میں تمہیں ہرگز اِس دعوت میں شریک ہونے کی اجازت نہ دونگا اگرچہ بلانا تھا دونوں کو بلاتے

تمہیں بلا لینا اور مجھے نظر انداز کر دینا میری کھلی ہوئی توہین ہے" ۔

لیکن میڈم فورے خاوند کی ہم خیال نہ تھی۔ اُس کے نزدیک یہ ایک غیر معمولی عزت تھی اور اس لئے وہ اس موقعہ کو ہاتھ سے کھو دینے کے لئے تیار نہ تھی۔ اس کے علاوہ ناجائز اولاد عام طور پر خوب صورت چنچل اور ضدی ہوتی ہے۔ میڈم فورے بھی کنواری ماں کی بیٹی تھی۔ اس لئے اُسے خاوند کا یہ رویّہ بہت بُرا معلوم ہوا اور وہ منع کرنے کے باوجود دعوت میں چلی گئی ۔

جب وہ اپنی شوخ نگاہوں سے دیکھنے والوں کے دلوں کو برماتی اور مردہ دل زاہدوں کے سینوں میں ہل چل پیدا کرتی ہوئی جرنیل کے مکان پر پہنچی تو وہاں جرنیل۔ اُس کی بیوی اور دو تین دوسرے مہمانوں کے سوا کوئی نہ تھا۔ کچھ دیر تک اِدھر اُدھر کی باتیں ہوتی رہیں۔ میڈم فورے پردیس میں عیش و مسرت کا یہ موقعہ پاکر بہت خوش تھی۔ اتنے میں یکایک دروازہ کھلا۔ اور سب کے سب تعظیم کے لئے کھڑے ہو گئے۔ میڈم فورے نے نظر اُٹھا کر دیکھا تو فرانس کا بادشاہ اور یورپ کا سب سے بڑا فاتح ایک بے ہنگم سا سبز کوٹ پہنے اُس کے سامنے کھڑا تھا۔ وہ ایک کرسی پر بیٹھ گیا تو جرنیل نے بہترین طشتریاں اُٹھا کر اُس کے سامنے رکھ دیں لیکن وہ کہنے لگا۔ مجھے اِنکی ضرورت نہیں البتہ تمہاری خاطر تھوڑا سا قہوہ پیے لیتا ہوں ۔

مہمان کھانے میں مصروف ہو گئے مگر نپولین ٹکٹکی لگائے میڈم فورے

کی طرف دیکھ رہا تھا۔ پالین یعنی میڈم فورے کو بھی اِس بات کا احساس تھا کہ وہ اِتنی بڑی شخصیت کی توجہ کا مرکز بنی ہوئی ہے اُس کا دل خوشی سے بلیوں اُچھل رہا تھا لیکن کچھ دیر کے بعد نپولین چپ چاپ وہاں سے اُٹھ کر چلا گیا۔ بظاہر سب لوگ نپولین کے اِس طرح چلے جانے سے حیران تھے لیکن میڈم فورے کو اِس سے بہت صدمہ ہوا کیونکہ اُس نے نپولین کی توجہ سے بہت سی اُمیدیں قائم کر لی تھیں۔

لیکن سب سے زیادہ گھبراہٹ کا اظہار جرنیل کی طرف سے ہوا۔ اُس کے ہاتھ سے قہوہ کی پیالی چھوٹ کر زمین پر گر پڑی اور اُس کے چند چھینٹے میڈم فورے پر بھی پڑ گئے۔ جن سے اُس کا خوشنما فراک خراب ہوگیا۔ جرنیل نے اُس سے معذرت کی لیکن جرنیل کی بیوی کہنے لگی۔ تم اندر چلو یہ کپڑے اُتار ڈالو۔ میں تمہیں اپنا نیا فراک دیتی ہوں وہ پہن کر جانا پالین اُٹھ کر اندر چلی گئی۔ لیکن ابھی وہ مناسب کپڑوں کے متعلق غور ہی کر رہی تھی کہ نپولین کمرہ میں داخل ہوا۔ دوسرے ہی لمحے اُس کی کمر کے گرد بادشاہ کے طاقتور بازو حمائل تھے اور لبوں پہ بوسوں کا تار بندھ رہا تھا۔ اُس رات پالین بڑی رات گئے نپولین کی خوابگاہ سے نکلی۔ اُس وقت اُس کے ہونٹوں پر ایک دلکش گیت کھیل رہا تھا۔ اور دل کی گہرائیوں میں ایک نہایت ہی اہم اور بہت ہی محبوب راز پوشیدہ تھا۔

چند روز کے بعد لفٹنٹ فورے کے سپرد ایک بہت بڑی خدمت

کی گئی - اُس کے پاس نپولین کے خفیہ کاغذات تھے اور وہ شاہی جہاز میں سوار ہو کر فرانس جا رہا تھا - لیکن اُس کی بیوی میڈم فورے کو فرانس بھیجنے کی ضرورت نہ تھی اُسے مصر ہی میں رہنے دیا گیا کیونکہ اِس میں جان کا خطرہ تھا ۔

لفٹنٹ فورے اپنی اِس عزت افزائی پر بڑا خوش تھا وہ پھولے نہ سماتا تھا کہ اِس قدر اہم کام اُس کے سپرد کیا گیا ہے - لیکن بحیرہ روم میں ایک برطانوی جہاز نے اُس جہاز پر حملہ کر دیا اور توپوں کے زور سے فرانس کے شاہی جہاز پر قبضہ کر لیا - ذرا سی دیر کے بعد انگریز افسر اس جہاز پر آدھمکے اُن میں برطانیہ کا مشہور جاسوس بارنیٹ بھی تھا - وہ لفٹنٹ فورے کو اپنے کمرہ میں لے گیا اور وہاں کچھ ایسی باتیں کیں کہ لفٹنٹ جوش میں آ کر کہنے لگا - "تم جھوٹ بکتے ہو - مجھے نپولین اور اپنی بیوی پر اعتبار ہے تم دشمن کے جاسوس ہو - میں دشمن کی بات کا اعتبار کیوں کروں"۔

بارنیٹ نے جواب دیا" اگر تم چاہو تو سب کچھ اپنی آنکھوں سے دیکھ سکتے ہو - میرے ساتھ مصر چلو - وہاں اگر ذرا سی ہمت سے کام لو - تو اپنی بیوی کو اپنے بادشاہ کی آغوش میں دیکھ لوگے"

قاہرہ پہنچکر بارنیٹ نے لفٹنٹ کو ایک شخص کے ساتھ کر دیا اور کہا "جاؤ - اور جو کچھ میں نے کہا تھا - اُس کا ثبوت اپنی آنکھوں سے دیکھ لو - بس ذرا سی ہمت درکار ہے" لفٹنٹ نپولین کی خوابگاہ کی طرف چلا پہرہ دار اونگھ رہا تھا - آگے بڑھا تو فرانسیسی سپاہی خواب آلودہ آنکھوں

سے اُس کی وردی دیکھ کر مطمئن ہو گئے اور وہ سیدھا خوابگاہ کی طرف بڑھتا گیا۔

دروازہ اندر سے بند تھا لیکن ایک ہی دھکے میں کھل گیا۔ لفٹنٹ نے دیکھا کہ اُس کی بیوی ایک آراستہ اور مکلّف پلنگ پر لیٹی ہوئی ہے غصّے اور انتقام کی آگ بھڑک اُٹھی۔ چاہتا تھا کہ پستول کی ایک ہی گولی سے اِس خوبصورت ناگن کا خاتمہ کر دے۔ لیکن پھر ارادہ بدل دیا۔ وہ اُسے اذیتیں دے دے کر ہلاک کرنا چاہتا تھا اور پستول سے اُسے مار ڈالنا گویا اِس بیوفا پر رحم کرنا تھا۔ اِدھر اُدھر نظر دوڑائی تو ایک ہنٹر دکھائی دیا۔ وہی اُٹھا لیا اور آنکھیں بند کر کے بیوی کے برہنہ جسم پر برسانے لگا۔

پالین اب تک دہشت کے مارے خاموش تھی۔ لیکن اب اُس کی چیخیں نکل گئیں۔ سنتری پہرہ دار دوڑے آئے لیکن دروازہ اندر سے بند تھا۔ یکایک ایک اندرونی دروازہ کھلا اور ایک شخص شب خوابی کے لباس میں اندر داخل ہوا۔ لفٹنٹ نے پیچھے مُڑ کر دیکھا تو نپولین تھا اس کی آنکھوں سے شعلے برسنے لگے۔ دیوانہ وار نپولین کی طرف بڑھا۔ اس وقت اس کے ہاتھ میں پستول تھا اور لبوں پر ایک خوفناک وحشیانہ مسکراہٹ۔ یورپ کے فاتح اعظم اور یورپی اقوام کی قسمت اُس وقت ایک معمولی لفٹنٹ کے ہاتھ میں تھی۔ دانت پیستے ہوئے کہنے لگا "یہ کتّا سمجھتا ہے کہ میری بیوی کو چرا کر اُس کی محبت پر ڈاکہ ڈال کر اور میرا آرام

سکون برباد کر کے خود عیش اُڑائے گا ۔میں ابھی مزہ چکھائے دیتا ہوں "

وہ سوچنے لگا کہ سینکڑوں لڑائیوں کا فاتح آج میرے قابو میں ہے ۔ اب وہ دو زانو ہو کر مجھ سے رحم کی درخواست کریگا اور کہیگا کہ بہادر لفٹننٹ میرا قصور معاف کر دو ——— اور میں اِس پستول سے اُسے کُتے کی موت مار ڈالوں گا " لفٹننٹ یہ سوچ رہا تھا اور نپولین اُس کی آنکھوں میں آنکھیں ڈالے وقار اور استقلال کی تصویر بنا اُس کی طرف دیکھ رہا تھا ۔ لفٹننٹ کی نگاہیں فاتح اعظم کی نگاہوں کی تاب نہ لاسکیں ۔ یہ آنکھوں کی لڑائی دراصل جبروت قوتِ ارادی اور استقلال کی لڑائی تھی ۔ غریب سپاہی کو شہنشاہ کی مسحور کن نگاہوں نے بے دست و پا کر دیا ۔ وہ پریشان سا نظر آنے لگا ۔ اُسے شب خوابی کے لباس میں بھی نپولین ویسا ہی قاہر اور خوفناک معلوم ہونے لگا جیسا میدانِ جنگ میں ۔ اُس کے ہاتھ سے پستول گر پڑا ۔

نپولین نے فوجی انداز میں حکم دیا "دروازہ کھولو" ! لفٹننٹ نے حکم کی تعمیل کی اور چپ چاپ باہر نکل گیا ۔

لفٹننٹ فورے کو موت کی سزا نہیں دی گئی ۔ نپولین اپنی محبوبہ کے خاوند سے مزید انتقام نہیں لے سکتا تھا ۔ اُسے آم کھانے سے غرض تھی ۔ باغ ڈھلنے سے کام نہ تھا ۔ وہ تو صرف پالین کے حسنِ گلوسوز کی بہار لوٹنا چاہتا تھا ——— اور وہ بھی اُس وقت تک جب تک اُس کی طبیعت کسی اور طرف مائل نہ ہو جائے ۔ نپولین کے عشق کا یہی انداز تھا ۔

ایک معمولی سپاہی سے

ملکۂ سپین کا عشق

(جناب پنڈت ہری چند اختر۔ ایم۔ اے سابق ایڈیٹر "مخزن")

(۱)

ملکہ کرسچیانا کی شادی فرڈی ننڈ ہفتم شاہ سپین کے ساتھ شاہی تزک و احتشام کے ساتھ ہوئی۔ لیکن اِس شادی میں محبت کو دخل نہ تھا۔ بادشاہوں کی شادیاں اکثر سیاسی مصلحتوں کی بنا پر ہوا کرتی ہیں یہ بھی ایک سیاسی شادی تھی۔ پس ملکہ کرسچیانا کو فرڈی ننڈ سے قطعی محبّت نہ تھی بلکہ یہ کہنا چاہیئے کہ اُس کی جوانی برباد کردی گئی اور اُس کے تمام ارمانوں کا خون ہو گیا۔ لیکن اِس کے باوجود اُس نے اپنے آپ کو ایک وفادار بیوی اور ذمہ دار ملکہ ثابت کرنے میں کوئی دقیقہ فروگذاشت نہ کیا۔ آخر چند سال کے بعد فرڈی ننڈ کا انتقال ہوگیا اور ملکہ کی گود میں اُس کی یادگار ایک ننھی بچی رہ گئی۔ یہی بچی تخت و تاج کی وارث قرار پائی اور ملکہ اُس کی سرپرست کی حیثیت سے حکومت کرنے لگی۔ ملکہ کرسچیانا ابھی نوجوان تھی۔ اُس کے حسن کا دُور دُور

شہرہ تھا - پہلو میں دل اور دل میں ہزاروں ارمان تھے - لیکن اُسکے ساتھ ہی وہ محرومِ محبّت بھی تھی - دوسری جانب سلطنت کی ذمہ داریاں ایسی نہ تھیں کہ ملکہ کسی اور طرف توجّہ کر سکتی - پہلے وہ ایک وفادار بیوی بنی رہی تھی - اور اب فرض شناس ماں بنے رہنے پر مجبور تھی - لیکن آخر محبّت کے دیوتا کا تیر سینے میں پیوست ہو کر رہا ٭

(۲)

گرمی کا موسم تھا - سپین کے دارالخلافہ میڈرڈ سے کچھ فاصلہ پر ایک معمولی سپاہی چلا جا رہا تھا - یکایک سڑک کے موڑ پر اُسے گاڑی کے پہیّوں کی آواز سُنائی دی - لیکن وہ اپنے خیالات میں محو تھا - اِس لئے اُس نے آواز کی طرف کچھ توجّہ نہ کی - اِتنے میں گاڑی بالکل قریب آ گئی - یہ ملکہ سپین کی گاڑی تھی - سپاہی ٹھٹک کر کھڑا ہو گیا اور ملکہ کو دیکھتے ہی اُس نے فوجی طریقہ سے سلام کیا - گاڑی آگے نکل گئی - لیکن ملکہ کا دل پیچھے رہ گیا - محبّت کا دیوتا اِس ذرا سی دیر میں اپنا کام کر چکا تھا - غریب سپاہی پھر آگے بڑھا - چند ہی قدم آگے گیا تھا کہ ایک خوبصورت رومال نظر پڑا - اُٹھا کر دیکھا تو سمجھ گیا کہ یہ ملکہ کا رومال ہے گاڑی دُور نکل چکی تھی - لیکن سپاہی اُس کے پیچھے بھاگا اور تھوڑی سی دیر میں قریب پہنچکر اُس نے نہایت ادب سے رومال ملکہ کی خدمت میں پیش کر دیا - ملکہ نے مسکرا کر اُس کی طرف دیکھا - اُس وقت اس کے دل کی عجیب حالت تھی - وہ بیقرار ہوئی جاتی تھی - جی چاہتا تھا کہ اسی وقت اُس خوبصورت سپاہی کی گردن میں بانہیں ڈال دے اور محبّت کی آگ کے بھڑکتے ہوئے شعلوں

کو ٹھنڈا کر لیے۔ لیکن اپنے مرتبہ اور خود داری کے احساس نے باز رکھا۔ ملکہ نے سپاہی کا نام پوچھا۔ سپاہی نے سر جھکا کر جواب دیا "میونس" ملکہ کی گاڑی پھر آگے چل دی ۔

(۲)

اس کے بعد ہر لحظہ ملکہ کی آنکھوں میں اُس نوجوان سپاہی کی تصویر پھرنے لگی۔ اُس روز وہ رات بھر نہ سو سکی۔ اُس نے اپنی حالت۔ اپنے مرتبہ اور اس معاملہ کے تمام پہلوؤں پر غور کیا۔ آخر مایوسی کی حالت میں چلّا اُٹھی۔ "ناممکن! بالکل ناممکن!!" اس نے امکان بھر کوشش کی کہ سپاہی کا خیال اُس کے دل سے نکل جائے۔ لیکن اس میں کامیاب نہ ہو سکی ۔

اُس نے کئی راتیں بیداری اور بیقراری کی حالت میں گذار دیں۔ آخر جب صبر کا پیمانہ لبریز ہو گیا تو اس نے میونس کے مکان اور خاندان کے متعلق تحقیقات کی۔ معلوم ہوا کہ وہ نہایت ہی غریب والدین کا بیٹا ہے۔ کئی بھائی بہنیں ہیں اور اُس کے باپ کی میڈرڈ کے غریب ترین محلہ میں ایک چھوٹی سی دُکان ہے۔ اب ملکہ نے ارادہ کر لیا کہ میں خود جا کر اُس کے خاندان اور تمام حالات کو اپنی آنکھوں سے دیکھوں گی۔ اُس کا خیال تھا کہ اِس غریب اور ذلیل خاندان کی پست حالت دیکھ کر میونس کا خیال میرے دل سے نکل جائیگا چار پانچ ہفتے اِسی حیص بیص میں گذر گئے۔ آخر ایک دن وہ بھیس بدل کر اور منہ پر پردہ ڈال کر میونس کے باپ کی دُکان پہنچی۔ بوڑھا وہاں موجود نہ تھا اور میونس اپنے باپ کی دُکان بند کر رہا تھا۔ ملکہ کے سینے میں محبّت کا ایک تیر لگا۔

(۴)

اُس رات ملکہ کے لئے پلک جھپکنا حرام ہو گیا - وہ اِس خیال سے گئی تھی کہ میونس کے گھر والوں کی پست حالت دیکھ کر اُسے میونس سے نفرت ہو جائیگی لیکن نتیجہ اِس کے بالکل برعکس نکلا - میونس کو اگرچہ معلوم نہ تھا کہ وہ ملکہ سے ہمکلام ہے لیکن وہ نہایت شرافت سے پیش آیا - اُس کا طرزِ عمل اس قدر قابلِ تعریف تھا کہ ملکہ اور بھی مر مٹی - اگلے روز وہ پھر اُسی طرح بھیس بدلکر دکان پر آئی - اُس وقت دکان پر میونس کا باپ تھا اسے وہم و گمان تک نہ تھا کہ وہ ملکہ کے سامنے کھڑا ہے لیکن وہ بھی بہت ادب اور عزت سے پیش آیا اور ملکہ اس خاندان کی نسبت نفرت کی بجائے نہایت ہی اچھے جذبات لیکر واپس آئی اسی طرح ملکہ دو تین مرتبہ پھر دکان پر آئی - آخری مرتبہ جب وہ واپس جانے لگی تو میونس بھی چند قدم تک اُسے چھوڑنے آیا - کیونکہ رات ذرا زیادہ جا چکی تھی - اور سڑک کے اُس حصے میں اندھیرا تھا - جونہی دونوں ایک لیمپ کے قریب پہنچے - ملکہ نے اپنے چہرے پر سے پردہ ہٹا دیا - میونس ملکہ کو دیکھتے ہی فوجی سلام کرنے لگا - لیکن ملکہ نے اپنا خوبصورت ہاتھ اُس کے بازو پر رکھ کر کہا - "میونس! اِس وقت میں یہاں اکیلی ہوں - مجھے تم سے محبت ہے" ۔

(۵)

ملکہ یہ کہہ کر چلی گئی - لیکن میونس کا صبر و قرار بھی اُس کیساتھ ہی رخصت ہو گیا - غریب سپاہی نے کانوں سے جو کچھ سُنا اس کا اُسے وہم و گمان بھی نہ تھا - یہ رات اُس نے بھی کروٹیں بدلتے ہی کاٹی - صبح جب وہ اپنی ڈیوٹی پر

جانے کے لئے وردی پہن رہا تھا تو اطلاع ملی کہ اُسے شاہی فوج کی ملازمت سے برطرف کردیا گیا ہے بیچارہ حیران تھا کہ یہ کیا معاملہ ہے۔ لیکن اُسی روز شام کو ایک اور اطلاع ملی اُسے ملکہ کے باڈی گارڈ میں کپتان کا عہدہ عطا کیا گیا تھا۔ لوگوں میں طرح طرح کی چہ میگوئیاں ہو رہی تھیں۔ اِس تغیّر و تبدّل کی وجہ کسی کی سمجھ میں نہ آتی تھی۔ لیکن ہیونس سب کچھ سمجھ گیا تھا۔ اِس لئے وہ خاموش تھا ٭

(۶)

رات کو جب دوسرے سپاہی سو رہے تھے۔ ملکہ باغ میں آئی ہیونس نے آگے بڑھ کر اُسے سلام کرنا چاہا۔ لیکن ملکہ نے اِس کی مہلت نہ دی۔ اُس کے منہ سے "پیارے ہیونس" کے الفاظ نکلے اور دوسرے ہی لمحہ کپتان ہیونس اُس کے آغوش میں تھا۔ ملکہ کی محبّت کا سیلاب طوفان کی صورت اختیار کر چکا تھا۔ وہ ہیونس سے لپٹی جاتی تھی۔ ہیونس پہلے ہی بیقرار تھا اب ملکہ کے طرزِ عمل سے حوصلہ پاکر اُس نے بھی ملکہ کے ہونٹوں پر محبّت کی مُہر ثبت کر دی۔ اِس کے بعد کی حالت کا اندازہ چوٹ کھائے ہوئے دل ہی کر سکتے ہیں ٭

چند ہفتوں کے بعد ملکہ نے اُس سے شادی کر لی۔ مگر اسے پوشیدہ رکھا گیا۔ اب ہیونس کو ڈیوک بنا دیا گیا ٭

(۷)

لوگوں کو ملکہ کی داستانِ محبّت اور خفیہ شادی کا پتہ لگا۔ تو حسب

معمول اپنی اپنی بولی بولنے لگے ۔ کوئی موافق تھا کوئی مخالف ۔ لیکن چند ماہ کے بعد اس بحث کا سلسلہ ختم ہو گیا ۔ ملکہ اگرچہ اپنے محبوب کو بادشاہ بنا کر تخت پر بٹھانا چاہتی تھی ۔ لیکن میونس کو سلطنت کی خواہش نہ تھی ۔ وہ صرف ملکہ کے دل کی بادشاہت کا خواہشمند تھا ۔ چنانچہ چند ماہ کے بعد جب ملکہ کی بیٹی بالغ ہو گئی تو میونس نے ملکہ کو مشورہ دیا کہ اب تخت و تاج اس کے حوالے کر دینا چاہیئے ۔ ملکہ تو اُس کی ہر ایک بات ماننے کے لیے تیار رہتی ۔ چنانچہ سلطنت کا کام بیٹی کے سپرد کر کے اپنے محبوب کے ساتھ فرانس چلی گئی ۔ جہاں ان اُلفت کے بندوں نے اپنی بقیہ عمر محبّت کے جام لنڈھاتے ہوئے گزار دی ۔

جذبِ محبت

کلایو کی عجیب و غریب داستانِ عشق و محبت

(جناب گوہر رام نگری - ایڈیٹر "چاند")

شام کے چھ ۶ بج چکے تھے - سائے لمبے ہوتے جا رہے تھے - سب کلرک اٹھ کر باری باری چلے گئے مگر نوجوان کلایو کرسی پر سر جھکائے بیٹھا ہوا تھا - اس کی حرکات و سکنات سے بے چینی کا اظہار ہوتا تھا - اس کے سامنے ایک اخبار پھیلا ہوا تھا - اس نے حسرت بھری نگاہوں سے اخبار کی طرف دیکھا جوں جوں وہ غور سے تصویر کو دیکھتا تھا - اس کے چہرے کا رنگ متغیر ہوتا جاتا تھا - وہ اپنے خیالات میں محو اگرد و پیش کے حالات سے بالکل بے پروا کمرے میں ٹہلنے لگا - یکا یک اس نے اخبار کو اٹھا کر فرطِ شوق اور اضطراب سے تصویر کو چوم لیا ؎

اسی وقت پشت سے قہقہوں کی آواز بلند ہوئی - وہ کھسیانا سا ہو گیا

نوجوان کلایو کی دنیا عشق و محبت کے رنگ میں رنگی جا چکی تھی؛ مارگرٹ

کی تصویر اُس کی روح میں جذب ہو گئی اور یہ نقش روز بروز زیادہ گہرا ہوتا چلا جا رہا تھا۔ اُس کی طبیعت اچاٹ ہو گئی۔ کام کاج سے جی گھبرانے لگا۔ ——— اب اُس نے کسی سے ملنا جلنا ہی چھوڑ دیا۔ لیکن ایک نوجوان آدمی کے لئے مکمل طور پر خلوت نشین ہونا مشکل ہی نہیں بلکہ ناممکن ہے۔ ایک شام کو لفٹنٹ ڈیوڈ آیا اور اُسے اپنے مکان پر لے گیا۔ کمرہ میں داخل ہوتے ہی اُس کی ہیئت قلب منقلب ہو گئی۔ وہ دیوانہ وار مجنونانہ انداز میں دیوار پر لٹکی ہوئی تصویر کو دیکھنے لگا، عجب اتفاق تھا ——— یہ مارگیرٹ کی تصویر تھی۔ جس نے نوجوان کلالیو کو غائبانہ محبت سے پاگل سا بنا دیا تھا، وہ اُٹھا اور باہر نکل گیا۔ مگر اُس کے دل میں مارگیرٹ کے لئے پریم کا اتھاہ ساگر موجزن ہو گیا۔ مارگیرٹ لفٹنٹ ڈیوڈ کی کنواری بہن تھی۔ کلالیو کا پژمردہ اور مایوس دل ہرا ہو گیا ٭

"پیاری مارگیرٹ!

میں تمہیں 'پیاری' کے لفظ سے مخاطب کر رہا ہوں لیکن دل کے ہاتھوں مجبور ہوں۔ میں نے تمہیں آجتک نہیں دیکھا۔ مگر پھر بھی میں تمہیں پیار کرتا ہوں۔ کیوں، یہ میں بھی نہیں جانتا۔ جب تک جاگتا ہوں۔ تمہارا خیال ہر لمحہ دل میں بسا رہتا ہے۔ تمہاری تصویر نے مجھ پر جادو کر دیا ہے۔ تم مجھے پاگل۔ باولا اور جنونی کہو گی۔ لیکن یہ سب سچ ہے۔ تمہاری محبت نے مجھے بے چین کر رکھا ہے۔ میری روح کو غم نے بے حال کر دیا ہے۔ اور تمہاری

والہانہ اُلفت نے مجھے راحت سے محروم کر دیا ہے۔ لیکن ابھی تو مجھ پر بہت کچھ گزرنے والی ہے۔ جب میں اپنے آپ کو گہرے احساسات کے حوالے کر دیتا ہوں۔ جب رات کی خاموشی اور اضطراب انگیز تاریکیوں ہیں میں تیرے خیالات میں اپنے آپ کو جذب کر دیتا ہوں۔ جب میری روح عالم تخیل میں تیرے آستانہ شوق کا طواف کر رہی ہوتی ہے۔ تو میں ایک ناقابل بیان میٹھی میٹھی جلن محسوس کرتا ہوں جو بیداری میں مجھے جلا ڈالتی ہے۔ کیا بارگاہِ حسن میں میرا حقیر نذرانۂ محبّت قبول ہو سکتا ہے؟"

کلایو نے اس چٹھی میں اپنا دل نکال کر رکھ دیا۔ یہ چٹھی کلایو ایسے جرنیل کی وارفتگی اور شیفتگی کا ایک زندہ نمونہ تھی۔ مارگریٹ نے اس نامۂ محبّت کو پڑھا۔ چٹھی کا اک اک لفظ سچی محبّت کا پیام تھا۔ وہ بیتاب ہو اُٹھی اور کلایو سے محبّت کرنے لگی۔ اُن کی غائبانہ محبّت روز بروز انکو قریب تر لے آئی۔ حتیٰ کہ ایک روز خوبصورت مارگریٹ اپنے انوکھے طالب سے ملنے کے لئے ہندوستان روانہ ہو گئی"

کلایو۔ نوجوان کلایو اب ایک کلرک نہ تھا بلکہ بنگال کا فاتح، ہندوستان میں ایسٹ انڈیا کمپنی کا افسر اعلیٰ،

چاروں طرف تاریکی پھیلتی جا رہی تھی۔ کلایو فورٹ ولیم کے قلعہ میں ایک کمرہ میں بیٹھا خیالات کی گہرائیوں میں کھویا ہوا تھا۔ دُور، ساحل سمندر پر سینکڑوں انگریز انگلستان سے آنیوالے جہاز کے استقبال کے لئے موجود

تھے ۔ اُس زمانہ میں انگلستان سے آنے والوں کا ہندوستان میں شاندار خیر مقدم کیا جاتا ۔ کلایو ان تمام مشاغل سے بے پرواعالم تخیل کی سیر کر رہا تھا ۔ " میری محبت کا انجام کیا ہوگا؟ موت! آہ ناکامی وحسرت کی موت" اُس نے بڑبڑاتے ہوئے کہا ۔ اُس وقت اِس بہادر کی آنکھوں سے آنسو گرنے لگے ۔

اچانک دروازہ پر دستک ہوئی ۔ اُس نے اپنے آپ کو سنبھالا ۔ رومال سے چہرے کو پونچھا اور تن کر ایک کرسی پر بیٹھ گیا ۔ دروازہ کھلا ۔ اک نوجوان حسینہ کمرہ میں داخل ہوئی ۔ اُس نے حیرت وتعجب کی نگاہوں سے اُس کی طرف دیکھا اور کہا :۔

" مارگیرٹ! میرے خوابوں کی ملکہ مارگیرٹ! کیا یہ بھی خواب ہی ہے؟"

کلایو پہلی ہی نظر میں اپنی محبوبہ کو پہچان گیا ۔ مگر اُسے اپنی آنکھوں پر اعتبار نہ تھا ۔ وہ دیر تک پاگلوں کی طرح ہوا میں دیکھتا رہا ۔ مارگیرٹ اِس جذبۂ عشق سے بیحد متاثر ہوئی ۔ وہ خود دیوانہ وار کلایو کی طرف بڑھی ۔

" میرے پیارے! تمہاری سچی محبت مجھے اپنے وطن سے ہزاروں میل دُور لے آئی "

کلایو نے اُسے اپنی آغوش میں لے لیا اور پے در پے بیسیوں بوسے اُس کے لبوں اور رُخساروں پر ثبت کر دیئے ۔ پھر اُسے علیحدہ کرتے ہوئے کہا :۔

" مارگیرٹ! تم نے مجھے زندہ کر دیا ۔ یہ میرا دوسرا جنم ہے"

"میں تمہاری - صرف تمہاری ہوں' کلا یو! کیا تم مجھے قبول کرتے ہو؟"
مارگیرٹ نے وفورِ مسرت سے کانپتے ہوئے کہا۔

کلا یو اب سنبھل چکا تھا - اُس نے اُس کی آنکھوں میں آنکھیں ڈال دیں اور اس کے مرمریں ہاتھوں کو بوسہ دیتے ہوئے کہا :-

"مارگیرٹ! کلا یو فاتح تھا - مگر تم نے اُس کو ہمیشہ کے لئے فتح کر لیا ہے"

دوسرے دن فورٹ ولیم میں چاروں طرف جشن وشادی کے سامان تھے اور دونوں فاتح خاوند بیوی بن گئے۔

راجپوتنی کا پریم

مہاراج پرتھوی راج کی داستانِ حسن و عشق

(مشہور افسانہ نویس محترمہ راج کماری بی اے)

دُور، بہت دُور، سرسبز پہاڑیوں کے دامن میں ایک راجپوت حسینہ گھوڑا اڑائے چلی جا رہی تھی۔ اچانک دو سوار بلند و بالا درختوں کی اوٹ میں سے نکل کر حملہ آور ہوئے۔ ایک خوفناک اور دلدوز چیخ فضا میں بلند ہوئی ابھی سوار حملہ بھی نہ کرنے پائے تھے کہ ایک اور بانکا جوان سرپٹ آتا ہوا دکھائی دیا۔ ایک ہی لمحہ میں دونو حملہ آوروں کے سر خاک و خون میں لڑھکتے ہوئے نظر آنے لگے۔

حسینہ ابھی تک خوف سے کانپ رہی تھی۔

بانکے راجپوت نے سہمی ہوئی حسینہ کی طرف دیکھا، وہ خوبصورت اور بلا کی خوبصورت تھی، سیاہ لانبے بال کمر تک لٹک رہے تھے، آنکھوں میں غضب کی مستی تھی اور نوجوان —— ایک نہایت حسین اور سڈول بدن، چہرے

سے وقار اور تیج نمایاں، دونوں کی آنکھیں چار ہوئیں، حسینہ کے لبوں پر مسکراہٹ تھی اور نوجوان ورطۂ حیرت میں گُم۔

"بلے کیا نام ہے تمہارا؟" نوجوان نے محبت آمیز لہجہ میں دریافت کیا

"میں مہاراج جے چند والئے قنوج کی پُتری سنجوگتا ہوں، میں آپ کی دھنیہ وادی ہوں۔ آپ کی تعریف؟"

اُس نے نیم باز نگاہوں سے اُس نوجوان راجپوت کی طرف دیکھتے ہوئے پوچھا —— لیکن یہ کیا؟ راجپوت جواب دینے کی بجائے دوسری طرف مڑا اور گھوڑے کو ایڑ لگاتے ہوئے کہا:-

"میں وہی کائر ہوں۔ جسے آپ لوگ پرتھو چوہان کہا کرتے ہیں"

سنجوگتا دیوانوں کی طرح ہوا میں دیکھنے لگی۔

پرتھوی راج چوہان کی شہ زوری اور بہادری کے قصے زبان زد خلائق تھے۔ یہاں تک کہ وہ گھروں کی چار دیواریوں میں جا پہنچے، وہ بالائیں، بہادر اور شجاع راجپوت کنیائیں اُسے خاص نظروں سے دیکھتی تھیں۔ مگر کوئی چیز اُس بہادر حکمران کو متزلزل نہ کر سکتی تھی، اور اب —— یہی بہادر چوہان راٹھور ساحرہ کے حُسن ملائک افروز سے مسحور ہو چکا تھا۔ وہ سیاہ لانبے بالوں والی نازک حسینہ اُس کے صبر و قرار کو چھین لے گئی تھی۔

کئی روز تک بحرِ فکر میں غوطہ زن رہا، کوئی مناسب اپائے نظر نہ آتا تھا۔ جے چند اُس کا جانی دشمن تھا اور اُسے ہر ممکن ذریعہ سے ذلیل اور تباہ

کرنے پر تُلا ہوا تھا۔ لیکن ع عشقِ اول در دلِ معشوق پیدا می شود
اُس کی اُمیدوں اور آرزوں کا باغ سرسبز و شاداب نظر آنے لگا
ایک صبح کی پہلی کرن کے ساتھ ہی ایک پتر ملا ۔

"پریتم! چھما کرو، میں نے آپ کا اپمان کیا۔ لیکن یہ میرا دوش نہ تھا بلکہ پتاجی کے الفاظ تھے، مجھ تک تو کبھی آپ کا پیغام پہنچے ہی نہیں پایا، میں آپ کی شجاعت کے افسانے سن کر آپ کی ہو چکی ہوں ۔ ہندو کنیا محض ایک مرتبہ پریم کرتی ہے میں نے آپ کو پریم درشٹی سے دیکھا ہے اب آپ کی ہی رہوں گی۔ کیا چوہان ستی کی رکھشا کرنے کا ساہس رکھتا ہے ۔"

پرتھوی راج شوق و محبت سے دیوانہ ہو گیا ۔ وہ سنجوگتا کے الفاظ کی صداقت اور اہمیت کو بخوبی سمجھتا تھا ۔

جے چند تڑپ اُٹھا "میری بیٹی اور میرے ہی شترو سے شادی کا ارادہ، یہ کبھی نہیں ہو سکتا ۔"

دوسرے ہی دن سنجوگتا، ستی اور باوفا سنجوگتا ایک محل میں نظر بند کر دی گئی سوائے کرناٹکی کے کوئی اُس کے پاس جانے نہ پاتا تھا، یہ سنجوگتا کی وفادار لونڈی اور مہاراج پرتھوی راج کی فرستادہ تھی ۔ اسی کے ذریعہ اب تک نامہ و پیام جاری تھا ۔

سوئمبر کی تیاریاں شروع تھیں - پرتھوی راج کو مدعو نہ کیا گیا، بلکہ اُسے ذلیل کرنے کے لئے اُس کا بُت بنا کر بطور دربان کھڑا کرنے کا فیصلہ ہوا سنجوگتا نے سُنا - دل میں ایک شبہ نے سر اُٹھایا اور جلدی ہی شبہ نے یقین کی صورت اختیار کر لی، مگر راجپوت بالا اِس کے خلاف عزم صمیم کر چکی تھی - دُنیا کی کوئی طاقت ہندوکنیا کے پرن کو توڑ نہیں سکتی - اُس نے تمام کیفیت بلا کم وکاست چوہان بہادر کو لکھ دی ٭

ایک عورت گا رہی تھی - آواز میں سوز تھا اور غضب کا درد -

ساون کی رُت آئی ساجن ——— ساون کی رُت آئی
جاتی ہیں کنجوں کو سکھیاں، میں بیٹھی مُرجھائی — ساجن — ساون کی رُت آئی
کسی سے پریت لگا کر تُو نے میری سُدھ بسرائی — ساجن — ساون کی رُت آئی

راہرو راجپوتوں نے سُنا - ٹھٹک کر کھڑے ہو گئے - آواز لحظہ بہ لحظہ کم ہو کر سسکیوں میں تبدیل ہو رہی تھی ٭

"کیا ارادہ ہے چاند" ایک نے دریافت کیا -

"دیوار پھاند چلیں"

دونوں نے اِدھر اُدھر متجسس نگاہوں سے دیکھا، یکے بعد دیگرے دیوار پھاند کر باغ میں اُتر گئے - رات کا وقت تھا - آسمان پر کالے بادل فراق زدہ عاشق کی طرح بے چینی و اضطراب سے منڈلا رہے تھے - دونو اِس ہاتھ سجھائی نہ دینے والی تاریکی میں مکان کی طرف بڑھے - اُن کے کانوں میں

آواز آئی ۔

"کیا وہ نہیں آئیں گے کرناٹکی"

"چھی پگلی، سکھی تم چوہان مہاراج کو اب تک نہیں سمجھیں"

پھر سسکیوں کی آواز آئی اور کسی نے سسکیوں ہی سسکیوں میں گانا شروع کیا، "دکھ کے دن اب بیت ناہیں"

نوواردوں کی آنکھوں سے آنسو بہنے لگے، انھوں نے دروازہ پر دستک دی، آواز یک لخت بند ہو کر ایک خاموش ہل چل سی پڑ گئی ۔ کرناٹکی نے بڑھ کر دروازہ کھولا ۔ پژمردہ دل از سر نو ہرے ہو گئے ۔

"میں آ گیا سنجوگتے"

راجکماری سنجوگتا نے ساڑھی کے پلہ کو سر پر درست کیا اور فوراً اٹھ کھڑی ہوئی ۔ وہ جواب میں مسکرائی ۔ لیکن اس مسکراہٹ کے پردہ میں یاس کی جھلک صاف دکھائی دیتی تھی ۔ کرناٹکی کی آنکھوں سے آنسوؤں کا سیلاب جاری تھا —— یہ خوشی کے آنسو تھے ۔

مہاراج پرتھوی راج نے سنجوگتا کو تسلی دیتے ہوئے کہا ۔

"ادھیر کیوں ہوتی ہو سنجوگتے : اگر پرتھوی راج کے بازوؤں میں قوت ہے تو وہ تمہیں حاصل کر لیگا" ۔

سنجوگتا کے چہرہ پر مسرت کے آثار نمودار ہوئے ۔ اس نے ایک ٹوکری میں سے پھولوں کی مالا نکال کر اسکے گلے میں ڈالتے ہوئے کہا "میں آپ کی ہو چکی ۔ اب جائیے کہیں دشمنوں کو پتہ نہ لگ جائے"

دونوں آنسو گراتے ہوئے رخصت ہوئے۔ معلوم نہ تھا کہ پھر ملاقات ہو یا نہ ہو ۔

سوئمبر کا دن آگیا۔

سینکڑوں راجپوت راجے اور رئیس اپنی قسمت آزمانے کیلئے جمع تھے۔ پرتھوی راج کا بت بنا کر دروازہ پر نصب کر دیا گیا۔ چوہان دانت پیس کر رہ جاتے تھے۔ ایسا معلوم ہوتا تھا گویا کوئی خاص طاقت اور مقصد ان کی راہ میں حائل ہے اور جے چند ان کی اس خاموشی کو بزدلی سے تعبیر کرتا تھا ۔

دربار آراستہ تھا، دروازہ کھلا۔ سنجوگتا زیورات اور ریشمی پارچات میں ملبوس اپنی حسین سکھیوں کے ہمراہ نکلی۔ حاضرین کی نگاہوں میں چکا چوند پیدا ہوگئی۔ سب کے دل زور زور سے دھڑکنے لگے۔ جس جس کے پاس سے گذرتی جاتی تھی اسکا رنگ فق ہوتا جا رہا تھا۔ وہ تیزی سے چلتی ہوئی پرتھوی راج کے بت کے پاس پہنچ گئی۔ چاروں طرف غم و غصہ کی ایک زبردست لہر دوڑ گئی۔ لیکن پیشتر اس کے کہ جے چند اپنی جگہ سے اٹھ کر اس کے ہاتھوں سے مالا چھینے وہ بت کے گلے میں ڈالی جا چکی تھی۔ اور اسی وقت ایک غیر معمولی طاقتور اور قوی بازو نے تماشائیوں میں سے نکل کر سنجوگتا کو اپنے گھوڑے پر ڈال لیا یہ جا، وہ جا، آناً فاناً میں مارتا اکا تا نظروں سے اوجھل ہوگیا — یہ بہادر پرتھوی راج تھا ۔

ناکامِ محبّت

ملکہ سویڈن کی محبّت کا دردناک انجام

(از خوشتر)

۱۶۲۶ء میں یورپ ایک ہولناک جنگ کی مصیبت میں مبتلا تھا۔ اُس جنگ میں سویڈن کے دلیر اور بہادر بادشاہ کرسچین نے اپنی شجاعت اور دلیری کی دھاک بٹھا رکھی تھی۔ شاہ کرسچین کی اُس وقت سارے یورپ میں دھاک بندھی ہوئی تھی۔ اُس کے اقبال کا ستارہ ترقی پر تھا۔ دولت، حشمت، شہرت سب کچھ حاصل تھا۔ لیکن اولاد کی نعمت سے محروم تھا۔ آخر ۱۶۲۶ء میں ایک لڑکی پیدا ہوئی جس کا نام کرسٹینا رکھا گیا۔ کرسچین کی عمر جنگ و جدل میں گذری تھی اور اِس بہادر بادشاہ کو موت بھی میدانِ جنگ ہی میں نصیب ہوئی۔

باپ کی وفات کے وقت کرسٹینا کی عمر صرف چھ سال کی تھی۔ اُس کا کوئی بھائی تو تھا ہی نہیں۔ اِس لئے یہی تخت کی وارث قرار پائی اور امیر وزیر اُس کے نام پر حکومت کا کاروبار چلانے لگے۔ شاہ کرسچین نے اپنی عزیز

بچی کو بیٹوں کی طرح پالا تھا۔ اُس کی وفات کے بعد بھی کرسٹینا کی تربیت لڑکوں ہی کے مانند ہوئی۔ وہ گھوڑے پر سوار ہو کر شکار کو جایا کرتی۔ مردانہ لباس پہنتی اور ہر کام میں اپنی بساط کے مطابق مردوں کی طرح حصہ لیتی تھی۔ وفادار وزیر اعظم اُس کو اپنی بیٹی کی طرح عزیز رکھتا تھا اور سلطنت کو امانت سمجھکر اپنے فرائض نہایت نیک نیتی اور دیانتداری سے انجام دے رہا تھا۔ اس لئے ملکہ کے سن بلوغت کو پہنچنے تک کسی قسم کی خرابی رونما نہ ہوئی بلکہ ملک ہر لحاظ سے ترقی کرتا رہا۔

جب کرسٹینا شادی کے قابل ہوئی تو وزیروں کی یہ رائے ٹھہری۔ کہ اُس کی شادی اُس کے عم زاد کے ساتھ کر دی جائے۔ یہ شہزادہ بہت خوبصورت اور بہادر تھا۔ میدان جنگ میں بہت سے کارہائے نمایاں انجام دے چکا تھا۔ اس لئے وزیروں کا انتخاب ہر اعتبار سے موزوں تھا لیکن کرسٹینا کو اُس شہزادے سے محبت نہ تھی۔ اس لئے اُس نے اُس کے ساتھ شادی کرنے سے صاف انکار کر دیا۔ وہ کہتی تھی کہ شادی میرا ذاتی معاملہ ہے۔ جس کے ساتھ مجھے محبت ہوگی۔ اُس سے شادی کرلوں گی۔ اِس میں کسی کو دخل نہیں دینا چاہیئے۔

شہزادے کو یہ بات ناگوار تو گذری۔ لیکن وہ یہ سوچ کر چپکا ہو رہا۔ کہ وقت گذرنے پر کرسٹینا خود ہی راہِ راست پر آجائے گی۔ مگر حالات نے کچھ اور ہی پلٹا کھایا۔ شاہِ سپین نے ملکہ کرسٹینا کے حسن و شباب کی شہرت سُن کر اپنا سفیر سویڈن کی جانب روانہ کیا تاکہ وہ ملکہ کو اُس کی طرف سے شادی کا پیغام دے۔ اُس نے اپنی ایک تصویر بھی بھیجی۔ مگر قسمت کو کچھ اور ہی منظور

تھا۔ سفیر بادشاہ سے زیادہ خوش قسمت نکلا اور ملکہ اُس کی محبت میں گرفتار ہوگئی ۔

بات یوں ہوئی کہ ایک روز ملکہ اپنے بوڑھے خادم ہیریس کے ساتھ پھرتی پھراتی دارالخلافہ سے چند میل دُور نکل گئی۔ برف پڑ رہی تھی۔ موسم خوشگوار تھا اور ملکہ اور خادم گھوڑوں پر سوار مزے مزے چلے جا رہے تھے کہ اتنے میں ایک گاڑی برف میں دھنسی ہوئی نظر آئی۔ ملکہ گھوڑا بڑھا کر گاڑی کے قریب پہنچی۔ گاڑی کے گھوڑے بہتیرا زور لگاتے تھے مگر گاڑی برف سے نہ نکلتی تھی۔ یکایک گاڑی میں سے ایک خوبصورت نوجوان باہر آیا۔ وہ سردی سے بہت پریشان ہو رہا تھا۔ جھلا کر بولا "لعنت ہو ایسے سفر پر کہاں شاندار سپین اور کہاں یہ دوزخ سے بدتر ملک"!

ملکہ جو مردانہ لباس پہنے ہوئے تھی یہ سُن کر مُسکرائی اور اپنے خادم کو اشارہ کیا کہ گھوڑے سے اُتر کر گاڑی برف سے نکالنے میں مدد کرے مگر گاڑی پھر بھی اپنی جگہ سے نہ ہلی۔ آخر ملکہ خود گھوڑے سے اتری اور سب نے مل کر گاڑی کو باہر نکال لیا۔ گاڑی سے اُترنے والا نوجوان شاہِ سپین کا سفیر تھا جو اپنے بادشاہ کی طرف سے ملکہ کی خدمت میں شادی کا پیغام لیکر آیا تھا اُسے کیا معلوم تھا کہ اُس کی مدد کرنے والا نوجوان دراصل سویڈن کی ملکہ ہے چنانچہ اُس نے ملکہ کو کوئی معمولی نوجوان سمجھ کر اُسے کچھ پیسے دیئے۔ ملکہ پہلی ہی نظر میں اس سفیر پر ہزار جان سے عاشق ہوگئی تھی اُس نے چپ چاپ پیسے لے لئے اور جب گاڑی آگے نکل گئی تو دیوانہ وار اُن پیسوں کو چومنے لگی ۔

اب دن ڈھل چکا تھا اور برف بھی زیادہ پڑنے لگی تھی۔ اس لئے ملکہ رات ہونے سے پہلے دارالخلافہ میں نہ پہنچ سکتی تھی۔ چنانچہ وہ جلد جلد کچھ فاصلہ طے کرکے ایک چھوٹے سے ہوٹل میں پہنچی اور ایک کمرہ کرایہ پر لے کر وہیں رات بسر کرنے کے لئے ٹھہر گئی۔ تھوڑی ہی دیر میں سفیر کی گاڑی بھی اُسی ہوٹل کے سامنے آ ٹھہری۔ سفیر نے بھی ایک کمرہ لینا چاہا۔ لیکن اتفاق سے اُس وقت اُس چھوٹے سے ہوٹل میں کوئی کمرہ خالی نہ تھا۔ ہوٹل کے مالک نے مودبانہ انداز میں جواب دیا کہ کھانا تو حاضر ہے لیکن رات آپ کو گاڑی میں ہی بسر کرنی پڑے گی۔"

ملکہ اُس وقت اسی مردانہ لباس میں ایک طرف بیٹھی سردی کی کوفت دُور کرنے کے لئے تھوڑی سی شراب پینے لگی تھی۔ سفیر پہچان کر اُس کے پاس گیا اور کہنے لگا "آپ کو تکلیف تو ہوگی۔ لیکن میں بھی گاڑی میں رات بسر نہیں کرسکتا۔ اس لئے اگر آپ اجازت دیں تو آپ کے کمرے میں سو رہوں" ملکہ کے دل کی حالت تو آپ بخوبی سمجھ سکتے ہیں۔ لیکن بظاہر اُس نے شریفانہ بے پروائی سے جواب دیا۔ "بہت بہتر"

وہاں سے اُٹھ کر یہ دونوں سونے کے کمرے میں گئے۔ سفیر تو جاتے ہی پلنگ پر دراز ہوگیا۔ لیکن ملکہ سوچنے لگی کہ آیا مردانہ لباس اُتار دوں یا یونہی پڑی رہوں۔ اسی کشمکش و پیچ میں تھی کہ سفیر جو اب اُسے غور سے دیکھ رہا تھا۔ اُس کی گول گول چھاتیوں کا ابھار دیکھ کر بھونچکا سا رہ گیا۔ یہ تو اُسے اب بھی معلوم نہ تھا کہ اُس کے سامنے سویڈن کی ملکہ بیٹھی ہے۔ لیکن اِس

بارے میں کوئی شبہ نہ رہا کہ یہ کوئی زندہ دل لڑکی ہے جو مردانہ لباس میں سیر کرتی پھر رہی ہے۔ اِن حالات میں سفیر کا آپے سے باہر ہو جانا قدرتی امر تھا۔ چنانچہ اُس نے کرسٹینا کا ہاتھ پکڑ کر اُسے پلنگ پر گھسیٹ لیا۔

ساری رات دونوں نے ایک ہی پلنگ پر گزار دی۔ صبح ملکہ کا دل بلیوں اچھل رہا تھا۔ وہ فرطِ انبساط سے دیوانی ہو رہی تھی۔ اُسے کمرے کی ہر ایک چیز پیاری معلوم ہوتی تھی۔ اور وہ بار بار ایک ایک چیز کو چوم رہی تھی۔ آخر سفیر تو گاڑی میں سوار ہو کر چلدیا اور ملکہ دوسرے راستہ سے دارالخلافہ آ پہنچی۔

کچھ دنوں کے بعد جب سفیر کو ملکہ کی خدمت میں باریابی کا شرف حاصل ہوا تو وہ اُسی ہوٹل والی حسینہ کو تخت پر بیٹھے دیکھ کر سناٹے میں آگیا۔ لیکن ملکہ نے ایک خاص انداز میں مسکرا کر اُس کی جھجک اور ہچکچاہٹ کا خاتمہ کر دیا۔

تھوڑی دیر کے بعد یہ دونوں شاہی محل کے ایک الگ تھلگ حصّے میں چلے۔ سفیر نے بتایا کہ میں اپنے بادشاہ کی طرف سے شادی کا پیغام لے کر آیا ہوں۔ مگر جب وہ بادشاہ کا خط پیش کرنے لگا تو ملکہ نے ہاتھ بڑھا کر روک دیا اور کہا کہ اِس پیغام کو بند ہی رہنے دو۔ مجھے تم سے محبّت ہے اور اب میں تمہاری ہی ہو کر رہوں گی۔

عشق اور مشک کو کون چھپا سکتا ہے؟ اِن دونوں کی محبّت کا راز بھی چند ہی روز میں فاش ہو گیا۔ لوگوں میں چہ میگوئیاں ہونے لگیں اور شہزادہ جواب تک ملکہ سے شادی کی آس لگائے بیٹھا تھا۔ آگ بگولا ہو گیا۔ اُس نے

اپنے ساتھیوں کی مدد سے رعیت کو بھڑکا کر بغاوت کا فتنہ کھڑا کر دیا اور بے شمار لوگ ملکہ کے محل پر چڑھ دوڑے۔ یہ ہجوم غصے سے اندھا ہو رہا تھا۔ ہر طرف سے یہی آوازیں سنائی دیتی تھیں کہ سپین کے سفیر کو ہلاک کر دو۔ اور ملکہ شہزادہ ہنری سے شادی کرے۔ وفادار بوڑھا وزیر اعظم بھی یہ حالت دیکھ کر گھبرا گیا اُس نے ملکہ کو مشورہ دیا کہ سفیر کو ملک سے نکال دیا جائے اور ملکہ شہزادے سے شادی کرے۔

لیکن ملکہ اِس پر آمادہ نہ تھی۔ اُس نے کہا۔ میں سفیر کو تو واپس بھیج دونگی۔ لیکن شہزادہ ہنری سے شادی نہیں کر سکتی۔ جب ہجوم بالکل نزدیک آگیا تو وہ اپنی جگہ سے اُٹھ کر لوگوں کے سامنے جا کھڑی ہوئی۔ لوگ ذرا دیر کے لئے خاموش ہو گئے۔ تو اُس نے پُر وقار انداز میں حکم دیا کہ اپنے چند نمائندے بھیجو جو ہمارے سامنے تمہارے مطالبات پیش کر سکیں۔ جب چند آدمی آگے آئے تو ملکہ نے اُن سے سوال کیا کہ اگر تمہاری شادی تمہاری مرضی کے خلاف کیجائے تو کیا تم اُسے گوارا کر لوگے؟ اُنہوں نے جواب دیا۔ ہرگز نہیں! ملکہ نے مسکرا کر کہا "تو پھر مجھے کیوں اپنی مرضی کے خلاف شادی کرنے پر مجبور کرتے ہو"۔ یہ سُن کر وہ شرمندہ سے ہو گئے۔ کسی سے کوئی جواب بن نہ آیا اور وہی ہجوم جو ابھی ابھی ملکہ کے خون کا پیاسا ہو رہا تھا "ملکہ زندہ باد" کے نعرے لگاتا ہوا واپس چلا گیا۔

دوسرے دن ملکہ نے دربار عام کیا۔ سب امیر وزیر جمع ہو چکے۔ تو اُس نے تاج سر سے اُتار کر اُن کے سامنے رکھ دیا اور کہا "میں تمہاری

ملکہ ہوں - میرا جسم تمہارا ہے مگر اپنے دل کی میں خود مالک ہوں - یہ تاج و تخت تم جس وقت چاہو - مجھ سے لے سکتے ہو - بلکہ میں خود ہی تمہارے حوالے کئے دیتی ہوں" دربار میں سناٹا چھا گیا - سب امیر وزیر اسے روکتے رہے لیکن دُھن کی پکّی ملکہ سب کچھ چھوڑ چھاڑ کر ساحلِ سمندر کی طرف چل دی جہاں سے اُس کے محبوب کا جہاز روانہ ہونے کو تھا - لوگ دھاڑیں مار مار کر رو رہے تھے - لیکن ملکہ کا قدم آگے بڑھنے سے نہ رُک سکتا تھا - وہ دنیا و مافیہا سے بے پروا دل ہی دل میں اپنے پیارے کی آغوش محبّت کے مزے لیتی اور آئندہ زندگی کے سنہری خواب دیکھتی چلی جا رہی تھی ؞

لیکن افسوس کہ آخری وقت میں تقدیر نے دغا کی - جب ملکہ جہاز پر پہنچی تو وہاں اُس کا استقبال محبوب کی بجائے محبوب کی لاش نے کیا - حاسد شہزادے ہنری نے سپین کے سفیر کو راستے ہی میں مروا ڈالا تھا ملکہ کی آنکھوں میں دنیا اندھیر ہو گئی - لیکن اُس کے پائے ثبات کو ذرا بھی لغزش نہ ہوئی - اُس نے نہایت ہی ضبط سے کام لیتے ہوئے اپنے مخصوص پُر وقار انداز میں کہا " اب میں واپس نہیں جا سکتی " یہ کہہ کر اُس نے مرحوم محبوب کے ہونٹوں پر بوسہ دیا اور جہاز کا لنگر اُٹھانے کا حکم دیدیا -

اسکے بعد یہ ناکام محبّت ملکہ کئی سال تک زندہ رہی - لیکن یہ ویران زندگی ہزار موت سے بدتر تھی - اُس نے آخری وقت تک سویڈن واپس جانے کا خیال تک بھی ظاہر نہیں کیا - آخر اٹلی کے دارالخلافہ روم میں اِس محبّت کی دیوی کا انتقال ہو گیا ؞

محبّت کی فتح

جنرل بوتھ اور انگلستان کی شہرہ آفاق ادیبہ کی محبّت

(جناب اختر شیرانی ایڈیٹر "رومان" لاہور)

(۱)

یکایک ہوا نے آندھی کی شکل اختیار کر لی۔ دریائے ٹیمز کی لہریں آسمان سے باتیں کرنے لگیں۔ نہانے والوں میں کھلبلی مچ گئی۔ کوئی کپڑے اٹھائے بھاگا جا رہا تھا۔ کوئی کنارے پر پہنچنے کے لئے ہاتھ پاؤں مار رہا تھا۔ اچانک ایک دردناک چیخ فضا میں بلند ہوئی —— یہ کسی عورت کی چیخ تھی ۔

لوگ اندھیرے میں آنکھیں پھاڑ پھاڑ کر اِدھر اُدھر دیکھنے لگے کوئی اپنی زندگی کو خطرے میں ڈالنے کے لئے تیار نہ تھا۔ اُس وقت ایک خوبصورت، سادہ وضع نوجوان کپڑوں سمیت پانی میں کودا اور ایک لمحہ

کے اندر وہ بھی غائب ہو گیا - آندھی بدستور تیز ہوتی جارہی تھی - مگر ہمدرد لوگوں کا ایک گروہ ساحلِ دریا پر جمع ہو گیا تھا سب کے سب نظریں جمائے دُور دھندلکے میں دیکھ رہے تھے —— دُور پانی میں دو انسانوں کی کش مکش کا منظر دکھائی دے رہا تھا - کبھی وہ صاف پانی کی سطح پر دکھائی دینے لگتے تھے اور کبھی ایک لحظہ کے لئے لہروں میں غائب ہو جاتے تھے - اُس وقت کنارے پر ایک اضطراب آمیز سکون پیدا ہو جاتا تھا - دوبارہ سطحِ آب پر آتے ہی چاروں طرف خوشی و مسرت کی ایک لہر دوڑ جاتی، لحظہ بہ لحظہ وہ نزدیک تر آتے جا رہے تھے - اب وہ صاف دکھائی دیتے تھے —— وہی نوجوان ایک لڑکی کو اپنی پشت پر اُٹھائے لئے آتا تھا ؎

(۲)

مکمل ۲۴ گھنٹے کی غشی کے بعد نوجوان نے آنکھیں کھولیں - کوئی اُس کے سر کو آہستہ آہستہ دبا رہا تھا، اُس نے کمرے کے ساز و سامان پر نگاہ ڈالی، جگہ غیر مانوس سی تھی، اُس نے مڑ کر سر دبانے والے کو دیکھنے کی سعی کی - اُس کی خواہش کو محسوس کرتے ہوئے وہ سامنے آ گئی —— اُس کے سامنے شعلۂ حسن لرز رہا تھا - وہ ایک بیس سالہ دوشیزہ تھی حسین، نہایت حسین، شاعر کے تخیل سے بھی زیادہ خوبصورت اور نازک، اُس نے بیباکانہ نگاہوں سے اُس کے ملکوتی حسن کی طرف دیکھا، دوشیزہ کے چہرہ پر حیا کی سُرخی نمودار ہوئی - اُس نے فرطِ حیا سے سر جھکا لیا - نوجوان اُسے دیکھے جا رہا تھا - وہ حیران تھا وہ کچھ کہنا چاہتا تھا مگر الفاظ زبان پر

آتے آتے رُک جاتے تھے ۔

نوجوان پیاسی نگاہوں سے اسکو تک رہا تھا ۔ یکایک حسینہ نے نگاہیں اُوپر اُٹھائیں اور بنسری ایسی شیریں اور باریک آواز میں دریافت کیا : ۔
"آپ اچھے ہیں کیا ؟"
اُس کے گلابی ہونٹوں پر مسکراہٹ نمودار ہوئی ۔ نوجوان اور بھی کھویا گیا ۔
آخر اُس نے ہمت سے کام لیتے ہوئے کہا " نوازش ! لیکن میں کہاں ہوں" ؟
وہ ساتھ والی کرسی پر بیٹھ گئی اور دلنشین انداز میں کہنے لگی "خدا کا شکر ہے ۔ آپ نے تو میری زندگی بچانے کے لئے اپنی جان خطرہ میں ڈال دی ۔ میں اس احسان کا معاوضہ نہیں دے سکتی"
رفتہ رفتہ نوجوان کے دماغ میں سمندر اور طوفان کا نظارہ پھر گیا ۔ اب اُسے گرد و پیش کے حالات کا بخوبی احساس ہو گیا ۔ اُس نے اُٹھنے کی کوشش کرتے ہوئے کہا "احسان" ! یہ تو میرا فرض تھا " حسینہ اُٹھی اور مسکرا کر کمرے سے باہر چلی گئی ۔ نوجوان دو چار روز کے بعد بالکل تندرست ہو گیا ۔ اس دوران میں دونوں ایک دوسرے سے والہانہ محبت کرنے لگے ۔
یہ نوجوان ولیم بوتھ تھا اور حسینہ انگلستان کی مشہور ادیبہ کیٹ لم فورڈ ۔

(۲)

کیٹ ادیبہ تھی اور بہت ہی کامیاب ادیبہ ، اُس کے مضامین کا شہرہ

ملک میں چاروں طرف پھیلا ہوا تھا۔ اِس عمر ہی میں اُس کی تصانیف خاص و عام سے خراجِ تحسین وصول کر چکی تھیں۔ وہ خوبصورت تھی۔ تعلیم یافتہ تھی اور صاحبِ ثروت۔ انگلستان کے سینکڑوں نواب اور امیر اس کی اک نگاہ غلط انداز کے خواہشمند تھے۔ مگر وہ کسی کی طرف آنکھ اُٹھا کر بھی نہ دیکھتی تھی گویا اُسے مردوں سے کوئی مناسبت ہی نہیں۔ لیکن نوجوان بوتھ کو دیکھ کر پہلی ہی نظر میں اُس کی ہو گئی۔ محبت ہمیشہ محبت ہی کی متلاشی ہوا کرتی ہے؂

بوتھ غریب والدین کا بیٹا تھا، نہایت ہونہار اور دانشمند، مردانہ اوصاف سے کامل طور پر مزین، وہ تنہائی پسند واقع ہوا تھا۔ اُسے دُنیا کی کسی شے سے کوئی دلبستگی اور دلچسپی نہ تھی یکایک اس کی زندگی میں کیٹ آداخل ہوئی—— اب اس کی دُنیا ہی بدل چکی تھی، وہ کھلم کھلا اپنی محبوبہ سے نہ مِل سکتا تھا۔ اُس زمانہ میں انگلستان میں امیر غریب کی تخصیص زوروں پر تھی، ہر روز پوشیدہ ملاقاتیں ہونے لگیں لیکن رازِ محبت کبھی چھپائے نہیں چھپتا، چاروں طرف سرگوشیاں ہونے لگیں، وہ اِن سب باتوں کے لئے تیار تھے، ان کی محبت کے افسانے گھروں کی چار دیواریوں میں جا پہنچے، کیٹ کے والدین نے سُنا۔ غصّہ و نفرت سے انتقام پر اُتر آئے۔ مگر دونوں کے پائے استقلال میں ذرہ بھر بھی لغزش نہ آئی —— طوفان آیا اور گذر گیا۔ سچی محبت کی فتح ہوئی اور دونوں ایک روز گرجا میں خاوند اور بیوی بن گئے؂

(۴)

شادی کے بعد بوتھ کی زندگی میں انقلاب، اک انقلاب عظیم پیدا ہوا۔

مذہبی دُنیا میں اُس کا نام خاص عزّت و احترام سے لیا جانے لگا - اِن ہی ایام میں، ہاں بالکل انہی ایام میں کیسٹ بیمار ہو گئی - زندگی کی کوئی آس نہ رہی - دوا بیکار نظر آنے لگی - بوتھ کی نگاہوں میں تمام دُنیا تاریک ہو گئی - اُس نے مسلسل کئی راتیں اُس کی پائنتی بیٹھ کر گزار دیں - اُس کی ساری ہمدردی اور ساری محبّت سمٹ کر بیوی کے گرد جمع ہو گئی ——— وہ ہاتھوں سے جا رہی تھی اور وہ کچھ کر نہ سکتا تھا - وہ عالم یاس میں گڑگڑا کر رونے لگا - سجدہ میں گر گیا - خدا سے دعا کی اور مکمل بہ گھنٹے تک آنکھیں بند کئے بیٹھا رہا - جیسے کسی نے بُت بنا کر رکھ دیا ہو مگر جب ہوش آیا تو اُس کی بیوی تندرست ہو چکی تھی اور حیرت و تعجب سے اپنے پریشان حال خاوند کی طرف دیکھ رہی تھی ؎

یہ معجزہ تھا یا کچھ اور، بہرحال چاروں طرف شہرہ ہو گیا ایکیٹ اپنے شوہر کی دیوتا کی طرح پوجا کرنے لگی - اب وہ تصنیف و تالیف کا کام چھوڑ کر اُس کی خدمت ہی کو اپنی زندگی کا ماحصل سمجھنے لگی ——— زمانہ گزرتا گیا اُن کے خیالات نے بھی دُوسری شکل اختیار کر لی - دونوں نے بنی نوع انسان کی خدمت کے لئے مکتی فوج کی بنیاد ڈالی ——— یہی ان کی زندگی کے خواب کی تعبیر تھی ؎

مکتی فوج کے جلوس نکلتے تھے - عوام اُن پر پتھر برساتے اور مخالفین اینٹوں کی بارش کرتے - مگر یہ سرشار محبّت انسان مسکراتے ہوئے چلے جاتے تھے - یورپ اُنکو "سچے عاشقوں" کے نام سے یاد کرتا ہے ؎

نپولین کی بیوفا ملکہ

نپولین کی ملکہ کا عشق :-
ایک ڈیوک سے

(جناب پنڈت ہری چند اختر ایم-اے سابق ایڈیٹر مخزن)

نپولین کے نزدیک عورت کے دل کی حیثیت ایک کھلونے سے زیادہ نہ تھی - اُس نے عجیب بیقرار طبیعت پائی تھی - اچھی صورت پہ اُس کا دِل ٹوٹ کر آ تا تھا - اپنی طاقت اور دولت کے صدقے اسے کامیابی بھی ہو جاتی تھی - لیکن تھوڑے ہی دِنوں کے بعد اس کی طبیعت بھر جاتی اور وہ اُسی محبوبہ سے جس کو حاصل کرنے کے لئے اکثر بے انتہا دوڑ دھوپ کرنی پڑتی تھی - اِس طرح آنکھیں پھیر لیتا - جیسے کبھی جان پہچان تک بھی نہ تھی - پہلی محبوبہ کی جگہ کوئی نئی لونڈی چھین لیتی اور کچھ عرصہ کے بعد اسے بھی کسی اور کے لئے جگہ خالی کرنی پڑتی - لیکن آخر نپولین کو بھی بیوفائیوں کا بدلہ مِل کر رہا اور وہ بھی اپنی بیاہتا بیوی کے ہاتھوں :-

میری لوئیسا شہنشاہ آسٹریا کی شہزادی تھی وہ ۱۷۹۱ء میں پیدا ہوئی یہ شہزادی جتنی حسین و جمیل تھی۔ اتنی ہی دل پھینک بھی واقع ہوئی تھی۔ چنانچہ ۱۵ سال کی عمر میں وہ ایک ڈیوک کی محبت میں گرفتار ہو گئی۔ یہ جوڑا ہر لحاظ سے موزوں تھا۔ اگر شہزادی نسوانی خوبصورتی کا مجسمہ تھی۔ تو ڈیوک بھی مردانہ حسن کا بہترین نمونہ تھا۔ میری کو امید تھی کہ وہ ڈیوک سے شادی کر کے عیش و مسرّت کی زندگی بسر کرے گی۔ لیکن قدرت کو کچھ اور ہی منظور تھا۔ اُس نے میری لوئیسا کو نپولین کی شکست کیلئے منتخب کر رکھا تھا

جس وقت میری لوئیسا پیدا ہوئی۔ فرانس ایک خوفناک انقلاب میں سے گذر رہا تھا۔ ۱۷۹۳ء میں فرانس کا بادشاہ اور ملکہ قتل کر دیئے گئے اس کے بعد خانہ جنگی کی آگ بھڑک اُٹھی۔ اِس افراتفری کے زمانہ میں نپولین بونا پارٹ نے اپنی پوزیشن اِس قدر مضبوط کر لی کہ ۱۸۰۴ء میں فرانس کا بادشاہ بن گیا نپولین کی قسمت کا ستارہ اُس وقت عروج پر تھا۔ چنانچہ چند ہی سال میں اس نے اِس قدر طاقت حاصل کر لی کہ یورپ کی بڑی سے بڑی سلطنت اسکے نام سے کانپتی تھی۔ لیکن نپولین کو ابھی گھر کا چراغ نصیب نہ ہوا تھا۔

جن دنوں نپولین ابھی ایک معمولی لفٹننٹ تھا۔ اس نے ایک خوبصورت بیوہ جوزیفائن نامی سے شادی کر لی تھی۔ جوزیفائن بھی نپولین پر دل و جاں سے فدا تھی۔ جہاں تک باہمی محبت کا تعلق تھا۔ دونوں بڑے مزے کی زندگی بسر کر رہے تھے۔ لیکن جوزیفائن سے نپولین کے ہاں کوئی بچہ پیدا نہ ہوا جو تخت و تاج کا وارث ہوتا۔ اسے ہر وقت یہی خیال رہتا تھا کہ یہ عظیم الشان

سلطنت جو میں نے اس قدر مصیبت برداشت کر کے حاصل کی ہے میرے آنکھ بند کرتے ہی کسی اور کے قبضہ میں چلی جائے گی۔

چنانچہ نپولین کے دوستوں اور مشیروں نے اسے یہ مشورہ دیا کہ جوزیفائن کو طلاق دے کر کسی شہزادی سے شادی کر لی جائے۔ اس سے نہ صرف تخت و تاج کا وارث پیدا ہونے کی امید بندھ جائے گی۔ بلکہ نپولین کے دشمنوں کی طاقت بھی کم ہو جائے گی - نپولین کو جوزیفائن سے سچی محبت تھی - اُس بیچاری نے نپولین سے اس وقت شادی کی - جبکہ اُس کی حیثیت بالکل معمولی تھی - اس کے بعد وہ نہایت ہی وفاداری سے ہر موقع پر نپولین کا ساتھ دیتی رہی - بلکہ سچ تو یہ ہے کہ نپولین کی اس قابل رشک ترقی میں جوزیفائن کا بہت کچھ حصہ تھا - اس لئے جوزیفائن کو چھوڑ دینا نپولین کے لئے آسان نہ تھا - لیکن دوسری جانب مشیروں کی رائے بھی وزندار معلوم ہوتی تھی - اس میں شک نہیں کہ یورپ کی ہر ایک سلطنت نپولین کے نام سے کانپتی تھی - لیکن نپولین بخوبی جانتا تھا کہ ان سلطنتوں میں سے کسی کو بھی مجھ سے ہمدردی نہیں - سب کی سب میری دشمن ہیں اور عین ممکن ہے کہ موقع ملنے پر اکٹھی ہو کر مجھ پر ٹوٹ پڑیں - اس کے ساتھ ہی تاج و تخت کے وارث کی خواہش بھی کوئی معمولی خواہش نہ تھی - چنانچہ نپولین اپنی وفادار ملکہ جوزیفائن کو طلاق دینے پر آمادہ ہو گیا ٭

اب سوال پیدا ہوا کہ شادی کہاں کی جائے - انگلینڈ اور جرمن

نپولین کے سب سے بڑے دشمن تھے۔ اٹلی اور ہسپانیہ وغیرہ بھی اگرچہ اُس کے مخالفین میں تھے۔ لیکن سب سے زیادہ خطرہ انگلستان اور جرمنی کی طرف سے تھا۔ اِس لئے نپولین چاہتا تھا کہ کسی بڑی سلطنت کیساتھ رشتہ قائم ہو جائے تاکہ مخالفوں کی تعداد اور طاقت گھٹ جائے۔ یورپ میں اس وقت دو نوجوان شہزادیاں شادی کے قابل تھیں ایک تو زار روس کی بیٹی اور دوسری آسٹریا کی شہزادی میری لوئیسا۔ دونو بادشاہ اپنی بیٹیاں نپولین کے ساتھ بیاہ دینے پر آمادہ تھے۔ لیکن آخر فیصلہ یہی ہوا کہ آسٹریا کی شہزادی کے ساتھ شادی کی جائے۔ یہ فیصلہ گیارہ ممبروں کی ایک کونسل میں ہوا۔ اُن میں سے چار تو روس کے ساتھ رشتہ کرنے کے حامی تھے۔ تین کسی جرمن شہزادی کے حق میں تھے اور چار آسٹریا کی شہزادی کو فرانس کی ملکہ بنانا چاہتے تھے۔ بہت دیر تک بحث تحمیص ہوتی رہی۔ لیکن آخرکار قرعۂ فال میری لوئیسا شہزادی آسٹریا کے نام پڑا۔

شہنشاہ آسٹریا تو پہلے ہی رضامند تھا لیکن شہزادی اِس شادی کے لئے تیار نہ ہوتی تھی۔ وہ ڈیوک پر بُری طرح فریفتہ تھی۔ اُس کا دل گوارا نہ کرتا تھا کہ اپنے محبوب کے ساتھ عشق و محبت کی زندگی بسر کرنے کی تمام آرزوئیں اور امیدیں فرانس کے تخت پہ قربان کر دے۔ جس حسن و جمال کو وہ ڈیوک کا نذرانہ سمجھتی تھی۔ اُسے کسی اور کی ہوس رانیوں کی آماجگاہ بنانے کے لئے وہ ہرگز تیار نہ تھی۔ وہ نپولین کی شاہانہ محبت کو اپنے

محبوب کی سچی محبّت اور شاہِ فرانس کے آغوش کو اپنے پیارے ڈیوک کے بازوؤں پر ترجیح نہ دے سکتی تھی۔ لیکن آخر اسکو ایک شہنشاہ کے گھر پیدا ہونے کی سزا بھگتنی پڑی۔ یعنی اسے یہ کہہ کر نپولین کی ملکہ بننے پر آمادہ کر لیا گیا کہ یورپ کا امن وامان قائم رکھنے کے لئے یہ شادی ضروری ہے۔ شادی کے لئے نپولین آسٹریا نہیں گیا۔ دولہا کے بغیر ہی عملی رسوم ادا کر کے شہزادی کو فرانس بھیجدیا گیا اور نپولین نے شہزادی کو پہلے پہل اُس وقت دیکھا جب وہ اس کی بیوی اور فرانس کی ملکہ بن چکی تھی ؛

لیکن ملکہ کا حسن وجمال نپولین کے دل پر اثر کرنے میں ناکام نہ رہ سکتا تھا۔ چنانچہ نپولین کے لئے یہ شادی صرف سیاسی رشتہ نہ رہی بلکہ عشق ومحبّت کی شادی بن گئی۔ وہ اس شمعِ حسن پر پروانہ وار فدا ہو رہا تھا۔ مگر ملکہ کا دل کسی اور کے لئے بیقرار رہتا تھا۔ اس کے بازو کسی اور کی محبوب گردن میں حمائل ہونے کے آرزومند اور اُس کے ہونٹ کسی اور کے جان بخش بوسوں کی تمنّا میں تڑپتے رہتے تھے۔ اگرچہ ایک لڑکا بھی پیدا ہو چکا تھا۔ لیکن نپولین کو میری لوئیسا کی محبت حاصل نہ ہو سکی۔ شادی سے تین چار سال بعد ہی نپولین کا زوال شروع ہو گیا اور آخر واٹرلو کے میدان میں انگریزوں سے شکست کھا کر وہ سینٹ ہلینا میں ایک قیدی کی زندگی بسر کرنے پر مجبور رہو گیا۔ لیکن میری لوئیسا کی محبت اِس مصیبت اور جلاوطنی کے زمانے میں بھی اُس کے دل میں موجزن تھی ؛

چنانچہ ان ایام میں اُس نے کئی مرتبہ نہایت بیقراری سے اِس خواہش کا اظہار کیا کہ میری اس کے ساتھ رہے لیکن میری پر نہ تو منّت خوشامد کا کچھ اثر ہوا اور نہ دھمکیاں کارگر ثابت ہوئیں وہ سیاسی مجبوریوں سے آزاد ہو کر ڈلوک کے ساتھ عیش و عشرت کے دن گزار رہی تھی - حتیٰ کہ ۱۸۲۱ء میں نپولین اِس دنیا سے چل بسا اور میری لوئیسا اپنے آشنا کی آغوش میں عمر بسر کرنے کے لئے آزاد ہو گئی ۔

شکستِ حُسن

ابراہیم لنکن کی داستانِ محبّت

(جناب گوہر رام نگری اڈیٹر "چاند")

میری نے اپنے خوبصورت سنہری بالوں کو جو دو آبشاروں کی طرح اس کے ہر دو کندھوں پر لٹک رہے تھے پیچھے جھٹکتے ہوئے کہا "محبّت دیوانگی ہے اور سراسر دیوانگی، مجھے کسی نوجوان سے محبّت نہیں ہو سکتی"

"میری اتنا غرور، تم خوبصورت ہو اور ایسی خوبصورت کہ ہر نوجوان تمہاری پرستش کرنے کو تیار ہے، تمہاری ایک نگاہِ ناز زاہد و عابد کو بھی اپنے قدموں پر گرا سکتی ہے۔ تم تو پیدا ہی محبّت کے لئے ہوئی ہو" اس کی سہیلی روزیٹا نے مسکراتے ہوئے کہا۔

یہ گفتگو میری ٹاڈ اور اس کی سہیلی روزیٹا میں ہو رہی تھی۔ میری نیویارک کی حسین ترین لڑکیوں میں شمار ہوتی تھی۔ سوسائٹی میں اس کی عزت تھی۔ وہ جدھر نکل جاتی سینکڑوں نگاہیں اس کا تعاقب کرتیں — اس کی زندگی کی اکیس بہاریں آئیں اور گذر گئیں۔ لیکن کوئی نوجوان

اس کی نگاہوں میں نہ جچا۔ عشاق کی بڑھتی ہوئی تعداد نے اس کے اندر وہ خیال پیدا کر دیا۔ جو ہر حسین عورت کے دل میں پیدا ہو جاتا ہے۔

"میں امریکہ کے صدر سے شادی کروں گی" اس نے اپنے والدین سے کہا —— مگر اس کا یہ خواب منت پذیر تعبیر نہ ہو سکا۔ وہ اپنے خیالات پر کاربند رہی۔ دوستوں، سہیلیوں اور رشتہ داروں کی مخالفت اُسے متزلزل نہ کر سکی۔

شام کا وقت تھا۔ آسمان پر بادل چھائے ہوئے تھے۔ اسی جھٹپٹے کے عالم میں بازار کی نکڑ پر ایک نوجوان مرد اور میری میں ٹکر ہو گئی۔ میری گر پڑی۔ نوجوان نے جھک کر اُسے اُٹھایا۔ میری کا چہرہ غصے سے سرخ ہو رہا تھا۔ اس نے چلا کر کہا "اندھے ہو گیا؟"

"ہاں" کہہ کر نوجوان نے ایک مرتبہ بیباکانہ نگاہوں سے حسینہ کی طرف دیکھا اور آگے بڑھ گیا۔ میری غصہ اور حیرت سے اس کی طرف دیکھ رہی تھی۔ وہ مردوں کو اب تک کمزور سمجھتی تھی۔ لیکن تازہ تجربہ نے اس کے خیالات کو بدل دیا۔ شکست کے احساس سے اسکی آنکھوں میں آنسو آ گئے۔ عورت واقعی ایک سایہ کی مانند ہے اگر اس کے پیچھے بھاگا جائے تو وہ آگے ہی آگے بڑھتی جاتی ہے اور آگے بھاگنے سے وہ دیوانہ وار تعاقب کرنے لگتی ہے۔ میری بھی بالآخر عورت تھی۔ اور نسوانی جذبات اور احساسات کی مالک —— نوجوان کے انداز

نے اس پہ خاص اثر ڈالا - وہ ملاقات کا موقع تلاش کرنے لگی - لیکن وہ مسکرا کر اس کی طرف دیکھتا اور اپنی راہ لیتا - اس کا انداز، اس کی تغافل شعاری جذبۂ شوق پر تازیانہ ثابت ہوئی ۔

یہ نوجوان میری ٹاڈ کا ہمسایہ ابراہیم لنکن تھا - وہ ایک بیباک اور خاموشی پسند نوجوان واقع ہوا تھا - اسے میری ٹاڈ سے محبت تھی - اس کی ہر حرکت سے جذباتِ اُلفت کا اظہار ہوتا تھا - مگر میری کی رعونت، میری کا غرور اُسے اظہارِ محبت کی اجازت نہ دیتا تھا ۔

آدھی رات کا عمل ہو گا - اچانک آگ آگ کا شور بلند ہوا - بستروں میں لیٹے ہوئے چونک اُٹھے اور دیکھتے دیکھتے گلی میں تمام اہل محلہ جمع ہو گئے —— میری، حسین میری کا مکان شعلوں کی لپیٹ میں تھا - لکڑیاں جل جل کر کڑا کڑا کر گر رہی تھیں - میری کھڑکی میں کھڑی مدد، مدد پکار رہی تھی - اس کا حسین چہرہ کیسا بھیانک معلوم ہوتا تھا - اسوقت سیڑھی لگا کر اوپر چڑھنا موت کے منہ میں جانے کے مترادف تھا مگر عشق، حقیقی اُلفت خطرہ کو خطرہ نہیں سمجھتی —— ایک نوجوان ہجوم کو چیرتا ہوا سیڑھی پر چڑھتا دکھائی دیا - چاروں طرف شور مچ گیا - وہ آنِ واحد میں نظروں سے اوجھل ہو کر دھوئیں کے بادلوں میں غائب ہو گیا ۔

یہ وہی نوجوان ابراہیم لنکن تھا -

میری تو بچ گئی - مگر ایک ہزیمت خوردہ چیتے کی طرح موت نے اُسے چھوڑ

کر ابراہیم لنکن پر حملہ کیا۔ کئی روز تک وہ زندگی اور موت کے درمیان لٹکتا رہا۔ سب مایوس ہو چکے تھے۔ ایک روز میری اس کے سرہانے بیٹھی تھی۔ اس کی آنکھوں سے گرم گرم دو آنسو مریض کے چہرہ پر گرے۔ ان گرم آنسوؤں نے مسیحائی کا کام کیا۔ فوراً مریض نے آنکھیں کھول دیں اور ادھر اُدھر دیکھا میری نے فوراً اپنی آنکھیں پونچھ دیں۔ وہ اپنی کمزوری کو چھپانا چاہتی تھی۔ اس نے دلربایانہ انداز میں دریافت کیا:-

"کیسے ہیں آپ؟"

"اچھا ہوں" جواب ملا اور وہ پھر آنکھیں بند کر کے سو رہا۔ میری کے دل پہ اک چوٹ لگی، دل آنسوؤں کی شکل میں آنکھوں سے بہہ نکلا ——

دن گزرتے گئے۔ ابراہیم لنکن خطرے سے باہر ہو گیا۔ اب صرف نقاہت باقی تھی۔ میری بلاناغہ وہاں آتی، اور بھرپور سازوسامان سے لیس ہو کر، وہ اپنے حسن زاہد فریب سے ابراہیم لنکن کو مسحور کرنا چاہتی تھی۔ مگر لنکن گردو پیش کے حالات سے بے پروا مطالعہ کتب میں مصروف رہتا ✽

جس کے لئے وہ بن سنور کر آتی تھی۔ وہ اس کی طرف آنکھ اٹھا کر بھی نہ دیکھتا تھا۔ اب اس میں یارائے صبر نہ رہا۔ اس نے مجبوبانہ انداز میں کہا "لنکن! کچھ خفا ہو گیا؟"

"خفا، خفگی کیسی؟" نوجوان لنکن نے نہایت سنجیدگی سے دریافت کیا۔

"اگر خفگی نہیں۔ تو یہ کم بخت خاموشی آخر کیا معنی رکھتی ہے۔ کیا تم عورت کا دل توڑنا ہی جانتے ہو" وہ جو کچھ اتنا عرصہ سے چھپائے ہوئے تھی۔ آج

کہہ گئی - وہ جذبات کی لہروں میں گم ہوگئی ۞

لنکن اسی طرح پُرسکون تھا - اس پر ان الفاظ کا مطلقاً اثر نہ ہوا اس نے کتاب کا ورق اُلٹتے ہوئے کہا - "میں اندھا ہوں اور بزدل بھی"

میری کے چہرے پر مردنی سی چھا گئی - اس نے روتے ہوئے اپنے آپ کو لنکن کے قدموں میں گرا دیا "لنکن مجھے معاف کر دو" میں اپنی شکست تسلیم کرتی ہوں - میں غلطی پر ہوں"

لنکن کا چہرہ خوشی سے چمک اُٹھا - اس نے حسین میری کو اپنی آغوش میں لیتے ہوئے کہا - "میری! میں تمہیں چاہتا ہوں - تم میری روح کے اندر جذب ہو چکی ہو، تم نہیں جانتی کہ کتنی بے کیف راتیں میں نے تمہاری یاد میں کاٹیں، میں تمہیں صرف ایک سبق پڑھانا چاہتا تھا"

"لنکن! جانے دو - پیارے گذشتہ واقعات کو بھلا دو، میں اپنی حماقتوں پر پشیمان ہوں"

لنکن جھکا اور اس کے خوبصورت گلابی رخساروں پر محبت کی مہر ثبت کر دی ۞

لنکن اور میری کی محبت نے افسانہ کی شکل اختیار کر لی - دونوں گھنٹوں لتا کی طرح ایک دوسرے سے لپٹے محبت آمیز گفتگو کیا کرتے —— بالآخر وہ خاوند بیوی بن گئے - محبت و سرور کے چند سال ایک دلفریب خواب کی مانند گذر گئے - اچانک لنکن اس شیریں خواب سے بیدار ہوا

اس کی کتابِ زندگی میں ایک نئے اور روشن باب کا اضافہ ہوا۔ اس کے دل میں جذبہ حب الوطنی نے جوش مارا۔ وہ پبلک سرگرمیوں میں خاص انہماک اور دلچسپی سے حصّہ لینے لگا۔ تھوڑے ہی عرصہ میں یہ سنجیدہ اور خاموش نوجوان امریکہ کا بہترین مقرر تسلیم کیا جانے لگا۔ اس کے الفاظ رگوں میں نیا خون اور دماغ میں نیا جوش پیدا کر دیتے تھے۔

آخر لنکن امریکہ کا صدر منتخب ہوا اور اس کی بیوی کے وہ الفاظ سچ ثابت ہوئے۔ جو اس نے شادی سے پیشتر اپنے والدین سے کہے تھے۔

ترکی محبوبہ

تیمور لنگ اور حمیدہ بانو بیگم

(از خوشتر)

پانچ سو سال پہلے کا ذکر ہے۔

قسطنطنیہ میں کہرام بپا تھا۔ بازاروں، گلیوں اور مکانوں میں خون کی ندیاں رواں تھیں، ہزاروں بہادر اور جانباز ترکوں کی لاشیں باسفورس کی سطح پر تیرتی ہوئی نظر آتی تھیں، چاروں طرف موت کی سی خاموشی طاری تھی۔ محل کے عین سامنے تیموری افواج قاہرہ ڈیرے ڈالی پڑی تھیں۔ ترک سپہ سالار یزدانی، بہادر اور شجاع یزدانی، جس کے نام سے دنیا تھرا رہی تھی۔ اس وقت زنجیروں میں جکڑا اپنی زندگی کا فیصلہ سننے کے لئے کھڑا تھا۔ لیکن اس وقت بھی وہی دم خم تھا۔

"موت چاہتے ہو یا زندگی"؟ یکایک تاتاری فاتح اعظم کی آواز بلند ہوئی۔

یزدانی نے مردانہ وار اپنی گردن اٹھاتے ہوئے جواب دیا "اگر عزت کی زندگی ملے تو زندگی ورنہ موت۔ ذلت کی زندگی سے موت بدرجہا بہتر ہے"

تیمور کو اب تک کبھی ایسے الفاظ سننے کا موقع نہ ملا تھا۔ چہرے پر سُرخی آ گئی۔ تلوار کے قبضہ پر ہاتھ رکھتے ہوئے بولا۔ "عزت کی زندگی اس لئے کہ ایک بار پھر قسطنطنیہ کو عیاشی کا مرکز بنا سکو۔ میں اسلام کی خدمت کے لئے پیدا ہوا ہوں اور عیاش ترکوں کو ملیا میٹ کرنا ہی اسوقت سب سے بڑی خدمت ہے"۔

یزدانی کچھ کہنا چاہتا ہی تھا کہ اسکے پیچھے کھڑا ہوا نوجوان جوشِ غضب سے آگے بڑھا "تم اپنے آپ کو مسلمان کہتے ہو، خلقِ خدا کو تباہ و غارت کرنا، ہری بھری کھیتوں کو اُجاڑنا اسلام ہے؟ کیا یہی رسُول کریم کی تعلیم ہے؟ میں جانتا ہوں کہ تم مجھے قتل کر دو گے۔ لیکن حقیقت کا اظہار کرنا ہی ایک سچے مسلمان کا فرض ہے۔ بتاؤ۔ کیا یہ سب اسلام کی خدمت ہے یا ہوسِ ملک گیری۔ کیا بیکس و معصوم بچوں اور عورتوں کو قتل کرنا اسلام پرستی ہے؟"

ہر طرف سناٹا چھا گیا۔ سب کی نگاہیں اس بیباک، نڈر اور خوبصورت نوجوان کے چہرہ پر مرکوز ہو گئیں۔ یزدانی کو اس کی لاش آنکھوں کے سامنے تڑپتی ہوئی دکھائی دی۔ لیکن تیمور کا ہاتھ جہاں تھا۔ وہیں رُک گیا۔ نوجوان کی باتیں تیر کی طرح اس کے سینے میں اتر گئی تھیں بعض اوقات مہا پرشوں کی گھنٹوں کی نصیحت کا اثر نہیں ہوتا۔ لیکن کبھی ایک لفظ ہی انسان کی کایا پلٹ دیتا ہے۔ یزدانی اپنی موت سے نہ ڈرتا تھا مگر اپنے نوجوان بیٹے کے انجام کا خیال کر کے گھبرا سا گیا اور لجاجت آمیز لہجہ میں بولا "یہ بچہ ہے ابھی ناتجربہ کار ہے۔ اس کی باتوں کی پرواہ نہ کریں"

تیمور کی تو دنیا ہی بدل چکی تھی۔ وہ آہستہ آہستہ یزدانی کے

پاس آیا اور کہا -
" کیا نام ہے اس کا اور تمہارا کون ہوتا ہے ؟"
" یہ میرا بیٹا ہے اور حبیب کے نام سے پکارا جاتا ہے "
" حبیب ! تمہارے الفاظ سخت ہیں - لیکن ان میں صداقت کی بُو آتی ہے - تم نے میری زندگی کے پانسہ کو ایک لحظہ میں پلٹ دیا ہے میرے خیالات میں انقلاب ہوتا نظر آرہا ہے" تیمور یہ کہہ کر اپنے خیمہ میں چلا گیا - اس کے چہرہ سے پریشانی اور فکر کے آثار صاف ہویدا تھے ۔

ہنگامِ سحر جب دستِ قدرت افقِ مشرق میں طلائی اور ارغوانی خطوط مرتسم کرنے میں مصروف تھے - تیمور بحرِ فکر میں غوطہ زن یزدانی اور حبیب کے کمرہ کی طرف جاتا دکھائی دیا - سپاہیوں نے دروازہ کھولا ۔
" یزدانی ! تمہارے ہونہار بیٹے نے میرے خیالات میں اک انقلابِ عظیم بپا کر دیا ہے - میں رات بھر اس کے الفاظ پر غور کرتا رہا - اب مجھ پر حقیقت منکشف ہو گئی ہے - میں اب تک جادۂ صداقت سے بہت دُور تھا - میں حقیقی معنوں میں گمراہ تھا - اسلام واقعی تباہی اور غارتگری نہیں بلکہ محبت و یگانگت سکھاتا ہے - اسلام جبر نہیں، الفت کا درس دیتا ہے"
یزدانی اور حبیب اس تبدیلیٔ قلب پر حیرت سے ایک دوسرے کی طرف دیکھ رہے تھے - تیمور نے حبیب، نوجوان حبیب کے چہرہ پر نظریں گاڑ دیں - اس کے چہرہ پر شرم و حیا کی سرخی سی نمودار تھی - تیمور کے دِل میں

کسی شبہ نے سر اُٹھایا - اس نے سر سے پاؤں تک بغور اس کی طرف دیکھتے ہوئے کہا :-

"حبیب! آج تمام ترک رہا کر دیئے جائیں گے۔ کیا تم ایک گمراہ انسان کو راہِ راست پر لانے کے لئے اس کی رفاقت نہ کرو گے"

حبیب نے جواب کے لئے یزدانی کی طرف دیکھا -

"اس قدر دانی کا شکریہ! لیکن حبیب ابھی ناتجربہ کار ہے" یزدانی نے جواب دیا -

"کیا تم میری اِس درخواست کو بھی قبول نہیں کر سکتے" فاتح تیمور اسوقت تمہارے سامنے ایک بھکاری کی حیثیت میں کھڑا ہے" یزدانی خاموش ہو گیا۔ اسکے پاس اس کوئی جواب نہ تھا ۞

اسی شام کو تمام ترک رہا کر دیئے گئے یا تم کدہ قسطنطنیہ میں از سرِ نو مسرّت و خوشی کے آثار نظر آنے لگے ۞

یزدانی آتش پرست تھا - لیکن کئی سال سے حلقہ بگوش اسلام ہو چکا تھا۔ اس کی غیر معمولی بہادری اور جراُت کے باعث ترک اُسے خاص عزّت و احترام کی نگاہوں سے دیکھتے تھے - اس کی ایک ہی لڑکی امت الحبیب تھی۔ یزدانی اس کو لڑکوں سے بھی عزیز رکھتا - چنانچہ لڑکوں کی طرح ہی اس کی پرورش ہوئی - وہ مردانہ لباس پہنتی - گھوڑے کی سواری کرتی - تھوڑے ہی عرصہ میں فنِ حرب میں بھی کافی دستگاہ حاصل کر لی - ہنگامہ کارزار میں

وہ اپنے باپ کے دوش بدوش دادِ شجاعت دیتی۔ خلیفۂ وقت اس کی بہادری سے اِس قدر خوش ہوا کہ ۱۸ سال کی عمر ہی میں فوج میں ایک اعلیٰ عہدے پر فائز ہو گئی ——— یہی لڑکی جیبب کے نام سے متعارف ہوئی ؂

امۃ الجیبب کے والدین اُسے تیمور کے ہمراہ بھیجنے پر آمادہ نہ تھے لیکن جیبب کے دل میں نا معلوم کیا سمائی کہ وہ تیمور کے ساتھ جانے کو تیار ہو گئی۔ والدہ کی مخالفت اور رشتہ داروں کی منت وزاری اس کے پائے استقلال میں لغزش پیدا نہ کر سکی اور بالآخر وہ لاکھوں ہم وطنوں کی دعائیں لیتی ہوئی تیمور کے ہمراہ چلی گئی ؂

چاروں طرف جیبب کی انصاف پسندی اور شجاعت کا غلغلہ مچ گیا۔ وہ اب تیمور کا وزیر تھا۔ تیمور اسی کے کانوں سے سنتا اور اسی کی آنکھوں سے دیکھتا تھا۔ سمرقند میں امن وسکون کی حکومت تھی۔ سبھی لوگ نوجوان وزیر پر جان دیتے تھے۔ اور تیمور تو ایک لحظہ کے لئے بھی اسے نظروں سے اوجھل نہیں ہونے دیتا تھا۔ ایک روز تیمور نے محبت بھری نظروں سے جیبب کی طرف دیکھتے ہوئے کہا :۔

"میں تم سے بہت محبت کرتا ہوں جیبب کیا تم جانتے ہو؟"

"ذرہ نوازی ہے۔ آپ کے احسانات کو بھلا کیسے فراموش کر سکتا ہوں"

تیمور مسکرایا اور غور سے اس کی طرف دیکھتا ہوا بولا :۔

"جیبب تم نوجوان ہو اور خوبصورت۔ لیکن پھر بھی زاہدانہ زندگی بسر کر رہے

ہو۔ مجھے یقین ہے کہ دنیا کی حسین ترین خاتون بھی تمہاری معشوقہ ہونا اپنی خوش نصیبی تصوّر کریگی۔ ہاں اگر تم تنہائی کی زندگی ہی بسر کرنا چاہتے ہو۔ تو شاہی محل میں آجاؤ۔ یہاں تمہارے لئے ہر طرح کا آرام میسّر ہوگا۔ میں خود نہیں جانتا کہ میں تمہاری طرف کیوں کھچا جا رہا ہوں۔ میں چاہتا ہوں کہ تم ہر وقت میرے پاس ہی بیٹھے رہو"

اس کی آواز میں محبت تھی اور شیرینی۔ اس کی آنکھوں سے جذباتِ شوق نمایاں تھے۔ جیبب کا کلیجہ دھک سے رہ گیا۔ کہیں تیمور راز سے واقف تو نہیں ہوگیا۔ اِس خیال سے اس کے چہرہ پر زردی سی چھاگئی۔ مگر جلدی ہی اپنے آپ کو سنبھالتے ہوئے کہا:۔

"آپ کے اِس احسان کا شکریہ ادا کرنے سے قاصر ہوں لیکن محل میں میرا رہنا مشکل ہے"

"کیوں؟ تیمور نے دریافت کیا۔

"اِس لئے کہ جہاں دولت ہوتی ہے وہاں لوٹ کا خطرہ ہوتا ہے۔ اور زیادہ قدر افزائی دشمن پیدا کرنے کا سبب"

"کیا تمہارا بھی کوئی دشمن ہوسکتا ہے، جیبب"!

"ہاں۔ میں خود ہی اپنا دشمن ہوسکتا ہوں" جیبب نے جواب دیا

تیمور کی دلائل بیکار ثابت ہوئیں۔ وہ کچھ سوچتا ہوا چلا گیا۔ جیبب نے اطمینان کا سانس لیا۔ اس کا راز ابھی تک محفوظ تھا۔

مغربی حصّہ میں بغاوت ہوگئی - حبیب تیموری افواج لیکر بغاوت کو فروکرنے کے لئے روانہ ہوگیا - یہ علاقہ عیسائیوں کا مسکن تھا - لیکن مسلمانوں نے بزورِ شمشیر فتح کر کے غلام بنا لیا تھا - عیسائیوں پر نہ صرف جزیہ عائد کر دیا گیا بلکہ گرجوں میں گھنٹہ بجانے کی بھی ممانعت ہوگئی - عیسائی دنیا میں ہلچل مچ گئی اور وہ اپنے جائز حقوق کی حفاظت کے لئے لڑنے مرنے پر آمادہ ہو گئے ۔

حبیب کئی روز تک اِس مسئلہ پر غور کرتا رہا - بالآخر وہ عیسائیوں کے پاس پہنچا - جزیہ معاف کر دیا اور گرجوں میں گھنٹہ بجانے کی اجازت دیدی - مسلمان لشکر نے سُنا - فوراً باغی ہو کر قلعہ کا محاصرہ کر لیا - حبیب بھی اب قلعہ بند تھا اور صداقت کے لئے لڑنے پر تیار -

تیمور کو حبیب کی خبر نہ پہنچنے سے مایوسی ہوئی - بالآخر ایک قاصد پہنچا اور زمین بوس کرتے ہوئے عرض کی :-

"جزیہ معاف کر دیا گیا جہاں پناہ"

"معاف کر دیا گیا - کِس کے حکم سے" تیمور نے دریافت کیا -

"وزیر صاحب کے حکم سے، اور ساتھ ہی گرجوں میں گھنٹہ بجانے کی اجازت دے دی گئی ہے"

"پھر" تیمور کانپ اُٹھا

"وزیر صاحب کافروں سے مِل گئے ہیں اور آپ سے باغی ہو چکے ہیں - اسلامی لشکر نے قلعہ کا محاصرہ کر لیا ہے"

تیمور جوشِ غضب سے کانپنے لگا ۔

" قلعہ کا محاصرہ کر لیا ہے اور جیبب کو قتل کرنے پر تُلے ہوئے ہیں"

وہ دیوانہ وار عالم اضطراب میں کمرہ کے اندر ٹہلنے لگا۔ یکایک وہ پھر قاصد کی طرف پلٹا۔

" جیبب کافروں سے جا ملا ہے۔ تم جانتے ہو کافر کسے کہتے ہیں ؟ ——— کافر وہ ہے جو مظلوم اور کمزور کو تنگ کرے۔ جو دوسروں کے جائز حقوق پر چھاپہ مارے۔ جو دوسروں کی آزادی سلب کرے۔ سُنتے ہو۔ بدذات۔ نکل جاؤ اِسی وقت "

تیمور منزلیں مارتا بغاوت زدہ علاقہ میں جا پہنچا۔ جیبب نے سُنا۔ وہ بھی لیس ہو گیا۔ عیسائیوں کے ہاتھ پاؤں پھُول گئے۔ وہ تیمور کے انتقام اور غصّہ سے ناواقف نہیں تھے۔ لیکن ان کے تمام اندیشے بے بنیاد ثابت ہوئے۔ قلعہ کا محاصرہ اٹھا لیا گیا اور تیموری افواج نے صلح کا سفید جھنڈا ہوا میں لہرایا۔

جیبب عیسائی زعما کو ساتھ لے کر قلعہ سے باہر نکلا اور تیمور کے قدموں پہ گر پڑا۔ تیمور نے اس کو اُٹھا کر گلے سے لگاتے ہوئے کہا :

" کیا تم لڑنے پر آمادہ تھے جیبب " ؟

" ہاں ، اصول اور صداقت کے سامنے تیمور کی بھی کچھ وقعت نہیں "

تیمور کے چہرے پر مسکراہٹ پیدا ہوئی۔ جیبب تڑپ کر اس کی آغوش سے علیحدہ ہٹ گیا۔

ایک ہی دن میں نقشہ پلٹ گیا ۔ تیمور واپس چلا گیا اور عیسائیوں کا
علاقہ عیسائیوں کو مل گیا ٭

شام کا وقت تھا ۔ تیمور اور جیب سبزہ کے فرش پر بیٹھے محو تکلم تھے ٭
"میں دل کی ایک بات کہنا چاہتا ہوں جیب" تیمور نے گفتگو کا موضوع
بدلتے ہوئے کہا ۔
جیب دھڑکتے ہوئے دل سے بولا :۔
"میں حاضر ہوں جہاں پناہ"
"اب تم اس وسیع سلطنت کو سنبھالو ۔ تمہیں اس کے مالک ہو ۔ مجھے
اب یادِ خدا کی اجازت دو"
"منظور ہے" جیب نے مسکراتے ہوئے جواب دیا ٭
"خدا تمہیں سلامت رکھے" تیمور نے اطمینان بھرے لہجہ میں کہا ٭
ایک لحظہ کے سکون کے بعد جیب بولا :۔
"لیکن اگر آپ کو معلوم ہو جائے کہ جیب ایک عورت ہے"
"تو وہ میرے دل کی ملکہ بھی ہو سکتی ہے" تیمور نے ہنستے ہوئے کہا ۔
"آپ کو بالکل حیرت نہیں ہوئی؟" جیب نے شرماتے ہوئے پوچھا
"نہیں ۔ کیونکہ میں قسطنطنیہ میں ہی تمہیں پہچان گیا تھا"
جیب نے شرم سے نگاہیں جھکا لیں ۔ تیمور نے اُسے اپنی آغوش میں
لے کر اس کی آنکھوں میں آنکھیں ڈالتے ہوئے کہا :۔

"کیا تم مجھ سے محبت کرتی ہو، حبیب؟"

"یہ آپ اپنے دل سے پوچھیں" حبیب نے مجنونانہ انداز میں جواب دیا۔

دوسرے دن تمام تاتار اور ترکستان میں یہ خبر پھیل گئی۔ چاروں طرف خوشی و مسرّت کا اظہار کیا گیا۔ بڑی دھوم دھام سے تیمور اور حبیب ازدواجی رشتہ میں منسلک کر دیئے گئے۔ حبیب احمیدہ بانو بیگم کے نام سے پکاری جانے لگی۔

یونانی پھول

چندر گپت کی محبوبہ

(جناب گوہر رام نگری ایڈیٹر "چاند")

(۱)

شعر، مصوری اور تخیل کے اشتراکِ عمل سے جو تصویرِ حُسن بن سکتی ہے ہیلن اُس کی زندہ تمثیل تھی۔ وہ شباب کی تمام تر رعنائیوں کی مالک تھی۔ ہاں یہی ہیلن اور اس کا باپ جرنیل سیلوکس ویرورشل سے برسرِ پیکار رہتے۔ وہ اتنی مسافت طے کر کے بھارت ورش کو فتح کرنے کے لئے آئے تھے۔ اور ویرورشل —— اپنی جنم بھومی، اپنی ماتا کی غلامی کی زنجیروں کو کاٹنے کا مصمم ارادہ کر چکا تھا ٭

انہی ایام کا ذکر ہے۔ یونانی حسینہ، تن تنہا مردانہ لباس میں سیر کو گئی۔ ایک شیر سے سامنا ہو گیا۔ اس نے گھوڑے سے کھینچکر زمین پر پٹک دیا۔ چیخ، اک دلدوز چیخ فضا میں بلند ہوئی اور ساتھ ہی ایک مضبوط ہاتھ کے وار نے شیر کا سر تن سے جدا کر دیا۔ اس نے سر اُٹھا کر اپنے محسن کی طرف دیکھا۔

"میں تمہارا شکریہ ادا کرتا ہوں نوجوان ہندوستانی"

"شنکر یہ کی کوئی ضرورت نہیں - یہ تو ہر بھارتی کا فرض ہے" ورشل نے مسکراتے ہوئے جواب دیا -

ورشل نے نوجوان یونانی کے خوبصورت چہرہ پر نگاہ ڈالی۔ اس کے دل میں ایک شبہ نے سر اُٹھایا اور جلدی ہی یہ شبہ یقین کی صورت اختیار کر گیا - ہیلین کی باریک و شیریں آواز اس کے راز کے چھپانے میں قطعی ناکام رہی ﴿

(۳)

ہندوستانی نوجوان کی شکل وصورت نے یونانی ساحرہ کو مسحور کر لیا اس کا اک اک لمحہ اضطراب و بے چینی میں گزرنے لگا - اس کے دل میں اک درد - اک میٹھی میٹھی تڑپ پیدا ہو گئی - جوں جوں اُسے بھولنے کی سعی کرتی تھی یہ نقش زیادہ گہرا ہوتا جا رہا تھا - آہ محبّت ، محبّت جس کو وہ ایک مہمل لفظ تصوّر کرتی تھی - آج پوری شدّت سے غلبہ پا چکی تھی - وہ سرتا پا رعنائی محبّت و عشق کے رنگ میں رنگی جا چکی تھی ﴿

انتظار کی خلش زا گھڑیاں بیقراری میں گزرنے لگیں - شام کا وقت تھا - وہ اپنے محبوب کے تصوّر میں محو تھی - اچانک گھوڑوں کے سموں کی آواز آئی خیالات کا سلسلہ منقطع ہو گیا - نظر اُٹھا کر دیکھا - خوشی و غم کی ایک ملی جلی لہر چہرے پر دوڑ گئی - ورشل قیدی کی حالت میں جھومتا چلا آ رہا تھا - دونو کی نگاہیں چار ہوئیں - ایک لحظہ کے لئے ہر دو ٹھٹک گئے - نگاہوں ہی نگاہوں میں کچھ اشارے ہوئے ——— چاروں طرف عالمگیر تاریکی مسلّط تھی - خیمے کا پردہ اُٹھا - ہیلین ہاتھ میں چراغ لئے دبے پاؤں اندر داخل ہوئی - مدھم مگر محبّت

بھری آواز میں بولی :-

"بہادر قیدی"

"کون ؟ — تم" قیدی نے حیرت سے سر اُٹھا کر پوچھا -

"اِس وقت باتیں کرنے کا موقع نہیں، نوجوان" ہیلن نے متجسس نگاہوں سے باہر تاریکی میں دیکھتے ہوئے کہا -

ورشِل نے کوئی جواب نہ دیا - اس کی نظریں ہیلن کے خوبصورت اور بے داغ چہرے پر جمی ہوئی تھیں جو چراغ کی جھلملاتی ہوئی روشنی میں اور بھی دلکش اور موہنا ہو گیا تھا - اس نے اس کے نازک طلائی ہاتھ کو اپنے ہاتھ میں لیتے ہوئے کہا :-

"تمہارا نام ؟"

"ہیلن —— اور تمہارا ؟" نوجوان دوشیزہ نے شرماتے ہوئے کہا :-

"ورشِل" نوجوان نے جواب دیا اور باہر نکل تاریکی میں غائب ہو گیا ؛

یہ اُنکی کتاب محبّت کا پہلا ورق تھا :-

(۲)

ورشِل کا نام چاروں طرف گونج رہا تھا - اس کے پے در پے حملوں نے سکندر، باہمت جرنیل سکندر کو واپس جانے پر مجبور کر دیا - وہ سپاہی جو یونان سے بے کھٹکے بڑھتے چلے آ رہے تھے - بیاس کے کنارے پہنچ کر ختم ہو گئے - یونانی افواج دریائے چناب کو عبور کر رہی تھیں - اچانک چاروں طرف

کالی گھٹائیں چھاگئیں۔ بادل کی گرج، بجلی کی چمک، صاعقہ کی تڑپ نے ایک ہیبت ناک منظر پیدا کر دیا۔ کشتیاں کھلونوں کی طرح پانی میں ناچنے لگیں سپاہیوں کی چیخ پکار اور ہاؤ ہو کی آوازیں آنے لگیں ؎

ورشل کنارے پر پہنچا، فرطِ ہمدردی سے اس کا دل بیتاب ہو گیا۔ یکایک اس کے کانوں میں "مدد" کی آواز آئی۔ یہ وہی شیریں آواز تھی جو ہر وقت اس کے کانوں میں گونجا کرتی تھی۔ وہ دیوانہ وار دریا میں کودا اور ہیلن، خوبصورت و نازک یونانی ساحرہ کو اپنی پشت پر اٹھا لیا ؎

ہیلن نے نیم بیہوشی کی حالت میں کہا۔ "ورشل؟"

"تم کتنے بہادر ہو اور خوبصورت ورشل" ہیلن نے اپنی آدھ کھلی آنکھوں سے اس کی طرف دیکھتے ہوئے کہا:۔

"اور تم؟" ورشل نے مسکراتے ہوئے پوچھا۔

یہ سن کر اس نے اس کی چھاتی میں منہ کو چھپا لیا اور لرزتی ہوئی آواز میں کہا:۔

"مجھے تم سے محبّت ہے ورشل"

"اور مجھے بھی" ورشل نے کمزور آواز میں جواب دیا۔ چاروں طرف طلاطم خیز امواج اُٹھ رہی تھیں۔ مگر یہ پرستارانِ محبّت دنیا و مافیہا سے بے خبر ایک عجیب حظ اور لذت محسوس کر رہے تھے ؎

ہیلن شدّتِ جذبات، شدّتِ محبّت اور وفورِ مسرت سے بیہوش ہو گئی ؎

(۴)

سکندر نے سانگلہ پر حملہ کر دیا۔ سینکڑوں آدمی ہلاک ہو گئے۔ معرکہ کا رن پڑا۔ ویہ ورشل کے تیر اندازوں نے یونانی افواج میں تہلکہ مچا دیا۔ مگر میدانِ جنگ سے منہ پھیرنا موت کے مترادف تھا۔ وہ وطن سے ہزاروں میل دُور بیٹھے تھے۔ آخر بھاگ کر جائیں بھی تو کہاں۔ جی توڑ کر مقابلہ کیا۔ ورشل کے مختصر رفقا مارے گئے اور وہ گرفتار کر لیا گیا ——— سکندر بہادر تھا۔ بہادر دشمن کی قدر کرنا جانتا تھا۔ مگر اس وقت اجوشِ غضب سے دیوانہ ہو رہا تھا۔ ناکامی و مایوسی کے تخیل و احساس نے اسے خونخوار بنا دیا تھا ——— ورشل کے قتل کا حکم دے دیا گیا ❊

زندان میں قیدی کی آخری رات تھی ——— پھر نصف شب کو جبکہ پہرہ دار خوابِ غفلت میں محو تھے۔ ہیلن کمرہ میں داخل ہوئی۔ اسکا رنگ زرد ہو چکا تھا۔ اس پر اس وقت اک ہیجان انگیز کیفیت طاری تھی۔ وہ بیتابانہ ورشل سے چمٹ گئی۔ ورشل کے چہرہ پر خوشی کے آثار نمودار ہوئے اس نے اپنی محبوبہ کو چھاتی سے لگاتے ہوئے کہا "میں بڑا خوش قسمت ہوں ہیلن۔ بس صرف تمہیں دیکھنے کی ہی خواہش تھی۔ جاؤ۔ خوشی و اطمینان سے اپنی زندگی بسر کرو۔ میری فکر نہ کرو۔ میری زندگی سپھل ہو گئی۔ میں اپنے مشن میں کامیاب ہو چکا ہوں۔ آج میرا وطن آزاد ہے۔ وہ تمہارے ہموطنوں کی دست برد سے بالکل محفوظ ہے۔ میں ہنستا ہوا یونانی تیروں کا نشانہ بنوں گا"

"ایسا نہ کہو ورشل، تم زندہ رہو گے۔ دنیا کی کوئی طاقت تمہیں گزند

نہیں پہنچا سکتی۔ ایک با وفا دوشیزہ کی دعائیں تمہارے ساتھ ہیں" ہیلن نے روتے ہوئے کہا۔

"تم یونان جا رہی ہو ہیلن" ورشل نے اپنی دھوتی کے پلّہ سے روتی ہوئی خوبصورت تصویر کے آنسو پونچھتے ہوئے کہا :۔

"میرا دل ٹکڑے ٹکڑے ہوا جا رہا ہے۔ ورشل! تمہاری جدائی کا احساس ہی مجھے دیوانہ بنائے جا رہا ہے! یہ نہ سمجھو۔ میں یہاں نہیں رہ سکتی میں تمہارے لئے اپنا وطن! اپنی دولت! سب کچھ چھوڑ سکتی ہوں مگر ———" وہ زار وقطار رونے لگی۔

"مگر کیا ہیلن ؟"

اپنے بوڑھے باپ کو نہیں چھوڑ سکتی۔ میری جدائی اسے ہلاک کر دیگی۔ ورشل! ورشل! مجھے معاف کر دو۔ میں تمہیں چاہتی ہوں اور آخری دم تک تمہاری رہوں گی۔ میں تمہارے نام کا سمرن کروں گی۔ یہ کہتے کہتے اس کی گھگی بندھ گئی۔

صبح کی روشنی نے دونوں کو چونکا دیا۔ دونوں کی آنکھوں سے بے اختیار آنسو بہ رہے تھے۔ ایک دوسرے کو محبت کی نگاہوں سے دیکھتے ہوئے رخصت ہوئے اور اپنے خیال کے مطابق ہمیشہ ہمیشہ کے لئے۔ ورشل کے قدم لڑکھڑا رہے تھے اور ہیلن پر غشی طاری تھی۔

(5)

طائر وقت محو پرواز تھا۔ ہفتوں سے مہینے اور مہینوں سے سال ہو

گئے۔ سکندر اپنے وطن بھی نہ پہنچنے پایا۔ بابل کے مقام پر دار فانی سے رحلت کر گیا۔ پنجاب اور کابل اس کے جرنیل سیلوکس کے حصّے میں آئے ——— اس وقت وہ ورشل چندر گپت کے لقب سے نند خاندان کو ختم کر کے پاٹلی پتر کے تخت پر بیٹھ چکا تھا۔ اب یہ بتانے کی کوئی ضرورت نہیں کہ سیلوکس کے کہنے پر ہیلن اور چندر گپت کی شادی ہو گئی۔ چندر گپت اِس شادی پہ آمادہ نہ تھا۔ مگر سیاسی مصلحتوں کی بنا پر انکار نہ کر سکا ؛

وصال کی شبِ اوّلین تھی۔ چاروں طرف عشق افروز چاندنی پھیلی ہوئی تھی۔ مگر چندر گپت اور ہیلن ہر دو دِلوں میں یاس کی تاریکی چھائی ہوئی تھی۔ ہیلن صورتِ تصویر نہ معلوم کن خیالات میں غرق تھی۔ ورشل کی یاد اس کے سینہ میں برچھیاں چبھو رہی تھی ——— چندر گپت ہندوستان کا ذی شان شہنشاہ الگ اپنے خیالات میں محو تھا۔ ہیلن نے سر اُٹھا کر اپنے خاوند کو دیکھا۔

وہی شکل، وہی صورت، وہی مضبوط اور خوبصورت گٹھیلا بدن، اُس کی آنکھوں کے سامنے سے پردہ ہٹ گیا۔ وہ وفورِ مسرّت سے چلّا اُٹھی

" ورشل ——— "

چندر گپت بڑبڑا اُٹھا، اپنی محبوبہ، اپنے تخیل کی ملکہ کو سامنے دیکھ کر اُسے محض اِک خواب سمجھا۔ آنکھیں موند لیں۔ ہاتھوں کو رگڑا مگر یہ خواب نہ تھا۔ بلکہ عالمِ بیداری، دونوں عالم وارفتگی میں ایک دوسرے سے چمٹ گئے اُن کی مسرّتیں انتہا کو پہنچ گئیں ——— ؛

طوفانِ محبّت

بالشویک حکومت کا بانی لینن قلی کے لباس میں محبوبہ کے قدموں میں

(از خوشتر)

(۱)

گرمی کا موسم تھا اور شام کا وقت۔ قہوہ خانہ آدمیوں سے بھرا ہوا تھا۔ شراب کے دَور چل چکے تھے اور دن بھر کے تھکے ماندے مزدور حسین عورتوں کو بغل میں لئے سب کچھ بھول بھال کر رقص سے لطف اُٹھا رہے تھے لیکن ایک نوجوان اس تمام ہڑبونگ سے الگ اور گرد و پیش کے حالات سے بے نیاز کمرے کے شمالی گوشہ میں بیٹھا تھا۔ وہ دنیا و مافیہا سے بے خبر اپنے خیالات کی گہرائیوں میں کھویا ہوا تھا۔

آخر رقص ختم ہوا۔ تمام مزدور ایک ایک کر کے چلے گئے۔ مگر وہ نوجوان اسی طرح سر جھکائے بیٹھا تھا۔ یکایک اس نے سر اُٹھایا اور کھل کھلا کر ہنس پڑا۔ اس کی ہنسی نے ایک نوجوان لڑکی کو اپنی طرف متوجہ کر لیا۔ جو کمرے

کے دوسرے گوشہ میں بیٹھی قہوہ کا انتظار کر رہی تھی۔ دونوں کی نگاہیں ملیں۔ اور مل کر جھک گئیں۔ لیکن دلوں میں طوفان بپا ہو گیا۔ لڑکی کے چہرے پر شرم و حیا کی سُرخی دوڑ گئی۔ اور نوجوان دریائے حیرت میں غوطے کھانے لگا۔ لڑکی بلا کی حسین تھی۔ اس کی آنکھوں میں شفق کی سی سکون سوز سُرخی اور لبوں پر دل آویز مسکراہٹ تھی اور نوجوان مردانہ حسن کے ساتھ ہمت و استقلال کا پُتلا معلوم ہوتا تھا ❊

(۲)

کچھ عرصہ بعد ناچ گھر میں ❊

پولا نیگری ناچ رہی تھی اور لوگ حیرت سے بت بنے ہوئے تھے۔ اس کے پاؤں کی ایک ایک حرکت پر سینکڑوں دل پامال ہو رہے تھے۔ ایک ایک اشارہ جنون انگیز جذبات کا مخزن بن رہا تھا۔ ایسا معلوم ہوتا تھا کہ محفل میں گوشت پوست کے بنے ہوئے انسان نہیں بیٹھے بلکہ تصویریں رکھی ہوئی ہیں ❊

اس وقت پہلی قطار کی ایک بنچ پر سے ایک نوجوان اُٹھا۔ رقاصہ کی نظر اس پر پڑی اور وہ نقش بدیوار بن کر رہ گئی۔ رقص ختم ہو گیا اور سب لوگ حیرت سے ایک دوسرے کی طرف دیکھنے لگے۔

پھر اُسی قہوہ خانہ میں۔

روسی کمیونسٹوں اور انقلاب پسندوں کا خفیہ جلسہ ہو رہا تھا۔ تھوڑی دیر کے بعد بات چیت ختم اور جلسہ برخاست ہو جانے پر سب لوگ مختلف دروازوں سے باہر نکل گئے۔ اچانک اُن کے سرغنہ کے شانے پر کسی نے ہاتھ رکھا۔ اس

نے گھبرا کر پیچھے کی طرف دیکھا تو وہی حسین رقاصہ سامنے کھڑی تھی ؏

نوجوان نے پوچھا "میں آپ کی کیا خدمت کر سکتا ہوں ؟"

حسینہ نے دلکش اور شیریں آواز میں جواب دیا "شکریہ ! صرف ملاقات کی خواہش تھی"

نوجوان اس لڑکی کی بے باکی پر حیران تھا۔ اچانک اس کے دل میں ایک شبہ نے سر اُٹھایا۔ لیکن دوسرے ہی لمحہ نوجوان کا اطمینان ہو گیا۔ یہ معصوم صورت حسینہ جاسوسہ نہیں ہو سکتی تھی ؏

دونوں نے خود ہی اپنا اپنا تعارف کرایا۔ حسینہ مشہور و معروف ایکٹرس پولا اینگری تھی اور نوجوان بالشویک حکومت کا بانی لینن۔ چند ملاقاتوں میں دونوں بے تکلف ہو گئے۔ لیکن ملاقاتوں کا سلسلہ دیر تک قائم نہ رہ سکا لینن کو جان بچانے کے لئے کہیں بھاگ جانا پڑا ؏

(۴)

تین سال گزر گئے۔

روس میں کمیونسٹوں اور انقلاب پسندوں کی سرگرمیاں زوروں پر تھیں۔ اُدھر زار روس کا آہنی قانون بھی زور شور سے حرکت میں آ چکا تھا۔ اس کے حکم سے سینکڑوں غریب مزدور اور کسان گولیوں کا نشانہ بنا دیئے گئے۔ مگر لینن ابھی روپوش تھا۔ زار کے سپاہی اس کی تلاش میں تھے اور وہ جنگلوں اور پہاڑوں کی غاروں میں سر چھپاتا پھر رہا تھا ؏

اس وقت پولا کی حالت ناگفتہ بہ تھی۔ وہ حرمان نصیب اپنے محبوب

کی فرقت میں سوکھ کر کانٹا ہو گئی تھی۔ ہوتے ہوتے لینن کو بھی اس حال کی خبر ہو گئی۔ بیقرار ہو گیا اور گرفتاری کے خوف اور زار کے مظالم سے بے پروا ہو کر شہر میں آدھمکا۔

پولا گھٹنوں پر سر رکھے یادِ محبوب میں کھوئی ہوئی تھی کہ کسی نے کمرے میں داخل ہو کر اسکے شانے پر ہاتھ رکھا۔ پولا نے سر اٹھا کر دیکھا۔ منہ سے ایک بار "پیارے لینن" نکلا اور تڑپ کر اسکے سینے سے چمٹ گئی۔ دیر تک یہ محبت کے بندے ایکدوسرے سے چمٹے رہے۔ پولا کو ہوش آیا تو لینن کہہ رہا تھا۔

"پولا! تمہاری محبت مجھے یہاں کھینچ لائی ہے۔ لیکن پولیس تعاقب میں ہے۔ اچھا۔ الوداع!"

وہ باغ کی دیوار پھاند کر نظر سے اوجھل ہو گیا اور پولا کلیجہ تھام کر رہ گئی۔ دیر تک دیوانوں کی طرح دیکھتی رہی۔ اس قدر طویل فرقت کے بعد اتنی مختصر ملاقات اِس بیچاری کے رنج و غم میں مزید اضافہ کا باعث ہوئی۔

(۵)

پولا وطن مالوف کو ہمیشہ کے لئے الوداع کہہ کر جینوا جا رہی تھی اس کے محبوب کا یہی حکم تھا۔ لینن اور پولا کے تعلقات کی پولیس کو خبر ہو چکی تھی اس لئے پولا کی زندگی بھی محفوظ نہ تھی۔ تیاری ہو چکی تھی۔ لیکن پولا کو لینن سے ملاقات کئے بغیر جانا منظور نہ تھا۔

آدھی رات کا وقت تھا۔ لینن دبے پاؤں پولا کے کمرے میں داخل

ہوا۔ اس کے بال اُلجھے ہوئے تھے۔ کپڑے پھٹ رہے تھے۔ چہرہ پر خراشوں کے نشانات اور خون کے دھبوں سے ظاہر تھا کہ اُسے کوئے یار تک پہنچنے میں بہت جدوجہد کرنی پڑی ہے۔

"پولا۔ میں بیان نہیں کرسکتا کہ مجھے تم سے کس قدر محبت ہے۔ لیکن . . . . . . "

پولا نے آنکھوں میں آنسو بھر کر کہا۔ "لیکن کیا؟"

"تم کو حوصلہ سے کام لینا چاہیئے پولا۔ تم مجھے بھول جاؤ۔ ہمیشہ کے لئے بھول جاؤ۔ تمہیں میری محبت کا واسطہ۔ میرا خیال دل سے نکال دو"۔

پولا فرطِ حیرت سے سہم گئی "تم کیا کہہ رہے ہو لینن؟ میں پاگل ہوئی جاتی ہوں۔ تم سے جدا ہو کر میں زندہ نہ رہ سکوں گی"

"پگلی نہ بنو پولا" یہ کہہ کر لینن نے اسے اپنی آغوش میں لے لیا۔

پولا زار زار رو رہی تھی۔ اس نے سسکیوں سے گھٹتی ہوئی آواز میں کہا "یہ نہیں ہو سکتا پیارے۔ میں تمہیں کبھی نہیں بھول سکتی۔ تم نہیں جانتے کہ مجھے تم سے کتنی محبت ہے"؟

لینن نے استقلال بھرے لہجہ میں کہا "میں سب کچھ سمجھتا ہوں لیکن پولا۔ تمہیں مجھ سے ایک وعدہ کرنا ہوگا"

پولا نے آنکھوں کو اُوپر اٹھاتے ہوئے کہا۔ "کہو۔ میں کیا کر سکتی ہوں؟"

"یہی کہ مجھے بھول جاؤ۔ میرے لئے اپنی زندگی برباد نہ کرو۔ اور

کسی نوجوان سے شادی کر لو"

پولا ایثار اور قربانی کے اِس دیوتا کی طرف حیرت سے تکنے لگی۔ اُس کے منہ سے ایک لفظ نہ نکل سکا۔

(۶)

دوسرے دن پولا صبح کی گاڑی سے جینوا جانے کے لئے سٹیشن پر پہنچی۔ قلی نے اسباب کمرے میں رکھ کر چاروں طرف نظر دوڑائی اور کسی کو نزدیک نہ پا کر یوں گویا ہوا:-

"پولا۔ تم آرٹسٹ ہو۔ بہت جلد دنیا میں تمہارے کمالِ فن کا سکّہ بیٹھ جائے گا۔ لیکن میرا راستہ تم سے بالکل الگ ہے۔ میں نہیں جانتا۔ یہ راستہ مجھے کہاں لے جائے گا۔ شاید تمہارے والد کی طرح سائبیریا میں مرنے کے لئے لے جائے۔ لیکن میں اپنی سرگرمیوں کو ترک نہیں کر سکتا۔ اِس لئے ایک مرتبہ پھر کہتا ہوں کہ مجھے بھول جاؤ۔ مجھ ایسے خانماں برباد اور آوارہ شخص کے لئے اپنی زندگی برباد نہ کرو"

پولا کی آنکھوں سے آنسوؤں کی جھڑی لگ گئی۔ لینن نے اُس کے دونوں ہاتھ اپنے ہاتھوں میں لے کر کہا:-

"حوصلہ کرو پولا۔ میرے ہاتھ سے استقلال کا دامن چھوٹا جا رہا ہے۔ میں جذبات کے سمندر میں بہا جاتا ہوں۔ لیکن مجھے تم سے محبّت کرنے کا کوئی حق نہیں ہے۔ میں تمہارے شباب کی بہار کو خزاں میں تبدیل نہیں کر سکتا۔ تم اُمنگوں بھرے دل والی نوجوان دوشیزہ ہو۔

اور میں محض ایک بدقسمت انقلاب پسند ہوں - ہر شخص میری جان کا لاگو ہو رہا ہے - یوں سمجھو کہ میرا دماغ خراب ہو رہا ہے - مجھ پر ایک جنون کی سی کیفیت طاری ہے - لیکن جب تک ملک آزاد نہیں ہو جاتا - یہ جنون دُور نہ ہو گا - مگر اس کے باوجود تمہاری یاد مرتے دم تک دل سے دُور نہ ہو گی - اچھا . . . . . . خدا حافظ"

یہ کہہ کر وہ چھلانگ مار کر گاڑی سے نیچے اُترا اور دیوانوں کی طرح اپنی پھٹی ہوئی ٹوپی ہلاتا بھاگ کر دُور درختوں کے پیچھے روپوش ہو گیا ؛

یہ پولا اور لینن کی آخری ملاقات تھی ؛

زہرِ عشق

دادا اور پوتا ایک ہی حسینہ کے قدموں میں
چنگیز خان کی خودکشی

(رُوسی سے براہِ راست ترجمہ)

(۱)

خون آشام، درندہ خو چنگیز، آتش و خون کے بے پناہ سیلاب میں قہقہے لگانیوالا سنگدل تاتاری، ہزار ظالم سہی۔ مگر پھر بھی انسان تھا۔ پہلو میں دل رکھتا تھا۔ ایسا دل جسمیں خدائے عشق کا تیر ترازو ہو چکا تھا وہ ایک کافرادا کاسک حسینہ پر دم دیتا تھا ؂

یہ اُن دنوں کی بات ہے جب چنگیز خان عمر کے اس حصہ میں پہنچ چکا تھا۔ جہاں عشق و محبّت کے جذبات سرد ہو جاتے ہیں مگر اس کے کوہِ وقار جسم میں جذبات کی آگ ہنوز روشن تھی۔ وہ اب بھی ایک الھڑ نوجوان کی طرح شباب و محبت کے کیف سے لطف اندوز ہوتا تھا۔ محل میں لاتعداد کنیزیں تھیں اور چنگیز اُن سب کا معبود بنا ہوا تھا۔ عورتیں ہمیشہ بہادر اور

شجاع مرد سے محبت کرتی ہیں - خواہ اس کے چہرے پر جھریاں ہی کیوں نہ ہوں - مردوں کا حسن اُن کی بہادری اور فیاضی میں پوشیدہ ہے۔ نرم کھال اور گلابی رُخساروں کے پیچھے مردانہ حُسن تلاش کرنا بے سود ہے ۔

وہ سب کی سب اُسے چاہتی تھیں - لیکن چنگیز خان کا دل کاسک کافرہ کی نذر ہو چکا تھا - وہ اپنے دل کی پوری قوت کے ساتھ' اس حسینہ سے محبّت کرتا تھا - وہ اکثر' اس برج میں حسینہ کے ساتھ چاندکی سیر کرتا' جہاں سے دریائے جیہوں کی نیلگوں موجوں کا نظارہ ہو سکتا تھا - اس برج میں ہر وہ نعمت جمع کر دی گئی تھی جس سے عورتیں اپنی زندگی کو خوشگوار بنا سکتی ہیں - انگور کے پُرکیف رس' لذیذ مٹھائیاں - زربفت اور کمخواب کے پردے - سونے چاندی کے کھلونے - انواع و اقسام کے قیمتی پتھر' دُور دراز ملکوں کے خوبصورت گانے والے پرندے' اور سب سے بڑھکر عمر رسیدہ خان کی گرم اور جوان محبّت ؛

وہ کئی کئی دن تک اس برج میں بیٹھا ہوا اس کی باتیں سُنتا اور اس کے منہ کو تکتا رہتا تھا ۔

اب وہ اپنی ہنگامہ خیز زندگی کی تھکن سے چور چور ہو کر سستا رہا تھا اس کا دل مطمئن تھا کہ اس کا جواں سال پوتا ہلاکو خان اس آہوں میں لپٹی ہوئی وسیع سلطنت کے اقتدار کو قائم رکھ سکیگا - وہ اس وقت تک مختلف ملکوں میں تاتاری حکومت کا خوف' جلے ہوئے شہروں کی راکھ' بے جان جسموں اور بہتے ہوئے خون کی صورت میں قائم کر چکا تھا - یقیناً وہ ایک

زبردست حکمران ثابت ہوگا ٭

(۸)

ایک دفعہ جب ہلاکو خان روس کو تاراج کر کے لوٹا - تو اس کے اعزاز میں ایک بہت بڑا جشن منایا گیا - سلطنت کے دور دراز گوشوں سے باجگذار خان اور بیگ اُس جشن میں شریک ہوئے، دعوتیں اُڑیں اور طرح طرح کے کھیل کھیلے گئے - تاتاری سرداروں نے اسیرانِ جنگ کی سہمی ہوئی آنکھوں پر تیر چلا چلا کر اپنی نشانہ بازی کا ثبوت دیا - اپنے بازوؤں کی طاقت اور تلواروں کی دھار کا امتحان نہتوں کی گردنوں پر کیا - پھر اُنہوں نے ہلاکو خان کی بہادری، اس کے دشمنوں کی ہراسانی اور خوفناک تاتاری جھنڈے کی سلامی کے لئے پے در پے جام لنڈھائے ٭

عمر رسیدہ چنگیز اپنے پوتے کی کامیابیوں پر بہت مسرور تھا - اُس نے انگور کی شراب کا ایک بڑا جام بلند کرتے ہوئے کہا "میری آنکھوں کی ٹھنڈک، میرے بیٹے! مانگ تو اپنے دادا سے کیا مانگتا ہے - کہہ دے اور تری آرزو پوری کر دی جائے گی"

بوڑھے خان کی آواز ابھی گونج رہی تھی کہ ہلاکو خان اپنی جگہ سے اُٹھا - اس کی آنکھیں سیاہ اور چمکدار تھیں - اس سمندر کی مانند جس پر رات چھا گئی ہو - اُن میں ایک آگ تھی جیسی کوہستان کے کسی عقاب کی آنکھوں میں ہو! اس نے کہا: -

"دنیا کے تاجداروں کے شہنشاہ! میں تجھ سے وہ کام کا کنیز مانگتا

ہوں"

چنگیز چپ رہ گیا مگر صرف اتنی دیر کے لئے، جس میں اپنے دل کی کپکپی کو رفع کر لے۔ آخر اس نے کہا "لے لے تو اس جشن کے خاتمہ پر لے سکتا ہے"

بہادر ہلاکو کا چہرہ سُرخ ہو گیا۔ اس کی عقابی آنکھیں مسرت سے اور بھی چمک اُٹھیں۔ وہ تن کر کھڑا ہو گیا۔ اس نے خان سے مخاطب ہو کر کہا۔

"فاتح اعظم! شہنشاہ!! میرے بابا!!! میں جانتا ہوں۔ تو مجھے کیا دے رہا ہے۔ ہاں میں جانتا ہوں۔ تیرا بیٹا تیرا غلام ہے میرے خون کا ایک ایک قطرہ تیرے لئے وقف ہے۔ اگر میری سو جانیں بھی ہوں۔ تو سب تجھ پر نچھاور!"

خان نے کہا "مجھے کوئی چیز درکار نہیں"

اور وہ سفید سر، جس میں دُنیا کو اس سرے سے اِس سرے تک تہ و بالا کر دینے کا سودا بھرا ہوا تھا۔ اس کے سینہ پر جُھک گیا۔

دعوت بہت جلد ختم ہو گئی۔ دونوں محل سے نکل کر حرم سرا کی طرف چلے۔ وہ ساتھ ساتھ جا رہے تھے لیکن چُپ تھے۔ رات اندھیری تھی۔ نہ چاند نظر آتا تھا نہ تارے۔ وہ دیر تک خاموش رہے۔ آخر چنگیز خان نے کہا۔

"سُن! میری زندگی کی روشنی اور ٹھنڈک! کیا۔ تجھے کاسک کنیز سے محبت ہے؟ مجھے بتا، ہلاکو کیا واقعی تو اس کے بغیر نہ رہ سکیگا؟ تو میری سو کنیزیں لے لے نہیں سب کی سب لے لے۔ مگر اس کو میرے لئے چھوڑ دے"

ہلاکو نے ایک آہ بھری اور کچھ نہ کہا۔

زندگی کی کتنی راتیں میرے لئے باقی ہوں گی۔ میں چند دن اور جی لونگا۔ اِس دُنیا میں میرا بسیرا اور چند روز سے زیادہ نہیں رہ سکتا۔ اور یہ روسی لڑکی میری حیات کی آخری خوشی ہے وہ مجھے سمجھتی ہے۔ مجھ سے محبت کرتی ہے۔ جب وہ نہ ہوگی۔ تو پھر مجھ سے کون محبت کرے گا۔ مجھے ... ایک بوڑھے کو ... کون محبّت کریگا۔ ہلاکو ان سب میں سے کوئی بھی نہیں۔ ایک بھی نہیں" ۔

ہلاکو نے کچھ جواب نہ دیا ۔

مجھے بتا۔ چنگیز خان نے پھر کہنا شروع کیا "میں کس طرح زندہ رہ سکونگا۔ جب مجھے خیال آئیگا کہ تُو نے اسے اپنے بازو میں لپیٹ رکھا ہے ہلاکو! ہم عورت کے معاملہ میں ہرگز باپ بیٹے نہیں رہ سکتے۔ عورت کے لئے ہم سب مرد ہیں۔ ایک دوسرے کے رقیب اور بس ۔

ہلاکو اب بھی خاموش تھا۔ دونوں حرم سرا کے دروازے پر پہنچ کر رُک گئے۔ اُن کے سر اُن کے سینوں پر جھک گئے ۔

ہلاکو نے دھیمی آواز سے کہا "میں ایک مدت سے اس کے لئے اپنا دل کھو چکا ہوں"

خان نے جواب دیا "میں جانتا ہوں اور تُو بھی جانتا ہے کہ وہ تجھے نہیں چاہتی !"

ہلاکو "جب مجھے اس کی یاد آتی ہے تو میرا دل ٹکڑے ٹکڑے ہو جاتا ہے"

چنگیز "کیا فاتح ایشیا کے سینے میں دل نہیں !"

ہلاکو بولا "بابا ہم دونوں کی حالت قابل رحم ہے"

خان نے سر اٹھا کر پوتے کی طرف غور سے دیکھا۔ اس کی آنکھوں سے تاسف ظاہر ہوتا تھا۔

ہلاکو نے کہا "آؤ ہم اُسے ہلاک کر ڈالیں"۔

خان لمحہ بھر تک سوچتا رہا۔ پھر اس نے آہستگی سے کہا:۔

"تو اپنے نفس کو مجھ سے اور اس سے زیادہ عزیز رکھتا ہے"۔

"ہاں اور کیا تو بھی ایسا نہیں ہے میرے عظیم بابا"

وہ پھر خاموش ہو گئے۔

خان درد سے نڈھال آواز میں بولا "تو سچ کہتا ہے" اندوہ نے بوڑھے کو بچہ بنا دیا تھا۔

ہلاکو "خوب تو ہمیں اس کو ہلاک کر دینا چاہیئے"

خان نے جواب دیا "میں اس کو تجھے نہیں دے سکتا آہ پوتا تو۔ میں کیسے کر سکتا ہوں"

ہلاکو۔ "میں اور زیادہ صبر نہیں کر سکتا۔ اس کو مجھے دے ڈال۔ یا میرا دل سینہ سے نکال پھینک"

خان چپ تھا۔ ہلاکو بولا:۔

"یا چلو ہم چل کر اس کو چٹانوں پر سے دریا میں پھینک دیں"

"ہم چل کر اس کو چٹانوں پر سے دریا میں پھینک دیں"؟

بوڑھے خان نے ان لفظوں کو بیدلی کے ساتھ دہرایا۔ اُس کی

آواز اس کے پوتے کی صدائے بازگشت معلوم ہوتی تھی ٭

دونوں حرم کے اندر داخل ہو گئے۔ جہاں وہ ایک قالین پر ابھی سو رہی تھی۔ دونوں اس کے پاس کھڑے ہو گئے اور دیر تک اس کی طرف تکتے رہے۔ بوڑھے خان کی آنکھوں سے آنسو بہہ نکلے۔ اُس چنگیز خان کی آنکھوں سے جس کی آنکھیں قوموں کی گریہ وزاری پر مسکرایا کرتی تھیں۔ اس کے گرم گرم آنسو سفید داڑھی پہ آبدار موتیوں کی طرح دمک رہے تھے۔ اور جب وہ کاسک کنیز کو جگانے لگا۔ تو اپنے دلی اندوہ کو چھپانے کے لئے اس نے دانتوں کو زور سے پیسا۔ وہ جاگ اُٹھی اس نے اپنے سُرخ لبوں کو بوڑھے خان کی طرف کھول دیا ٭

"میرے عقاب" یہ کہہ کر وہ آگے بڑھی۔ مگر خان نے نرمی سے کہا "اُٹھ، تو ہمارے ساتھ چلے گی؟"

تب حسینہ نے ہلاکو اور اُن آنسوؤں کو دیکھا۔ جو اس کے بوڑھے اور عظیم الشان خان کی آنکھوں سے بہہ رہے تھے۔ وہ معاملہ شناس تھی ایک آن میں بات کی تہ کو پہنچ گئی ٭

اس نے کہا۔ "چلو میں تیار ہوں۔ میں نہ ایک کے لئے ہوں نہ دوسرے کے لئے نا کیوں بھی ہے نا۔ ہاں مضبوط دل اسی طرح فیصلہ کرتے ہیں۔ چلو، ابھی چلو"

تینوں خاموشی کے ساتھ خیموں کی طرف چل پڑے۔ ہوا فراٹے بھر رہی تھی۔ لڑکی نازک تھی۔ جلدی ہی تھک گئی۔ ہلاکو نے یہ دیکھ کر

کہ وہ پیچھے رہ جاتی ہے۔ کہا "کیا تو موت سے ڈرتی ہے؟"

اس نے جوان پر غصہ بھری نگاہ ڈالی۔ پھر اپنے پاؤں کی طرف اشارہ کیا۔ جن سے خون بہہ رہا تھا۔

ہلاکو خان نے اپنے کشادہ بازو اس کی طرف بڑھائے اور کہا:۔ "آ میں تجھے اُٹھالوں"

لڑکی نے باہیں اپنے بوڑھے عقاب کی گردن میں حمائل کر دیں اور اس نے اُسے گود میں اُٹھالیا۔ چنگیز خان کے لئے اس کا بوجھ ایک پھول سے بھی کم تھا۔ وہ اس کی گود میں بیٹھی ہوئی اُن ٹہنیوں کو ہٹاتی جاتی تھی۔ جو خان کے راستہ میں حائل ہوتی تھیں۔

وہ دیر تک چلتے رہے۔ آخر کار زنجیروں کی موجوں کا شور انہیں سنائی دیا۔ ہلاکو جو اپنے دادا کے پیچھے پیچھے چل رہا تھا۔ یکایک بولا "مجھے آگے چلنے دے بابا۔ طبیعت مجھے اُکسا رہی ہے کہ میں اپنا خنجر تیری گردن میں پیوست کر دوں"

چنگیز خان "دیوتاؤں کی قسم بیٹا! بوڑھا باپ تجھے معاف کرتا ہے، وہ جانتا ہے عشق کیا بلا ہے؟"

(۴)

آخر طوفانی جیحوں انکے سامنے آگیا۔ وہ چٹانوں کے اوپر جھک گئے ان کے نیچے بہت دور تک فضا تاریک تھی۔ اور لامحدود چٹانوں کے قدموں میں اندھیرے، ٹھنڈ اور خوف میں گھری ہوئی پانی کی موجیں اپنے اپنے

راگ گائے جا رہی تھیں۔

"الوداع" خان نے حسینہ کو چومتے ہوئے کہا۔

ہلاکو نے جھک کر کہا "الوداع"

لڑکی نے نیچے جھک کر دیکھا۔ بھنور نے خوفناک شور مچا رکھا تھا۔ وہ ڈری اور پیچھے ہٹ گئی اور اپنے سینہ کو باہوں میں زور سے دبا لیا۔

"مجھ سے اپنے آپ گرا نہیں جاتا۔ تم مجھے پکڑ کر نیچے پھینک دو"

ہلاکو نے پھر اپنے ہاتھ اس کی طرف بڑھائے مگر وہ خان کے بازوؤں میں چلی گئی۔ خان نے اسے بہت پیار کیا۔ اس کی پیشانی چومی۔ پھر اُسے پکڑ کر ہوا میں بلند کیا اور چٹانوں سے نیچے پھینک دیا۔

اُن کے نیچے موجوں کا ناچ اور گانا اس قدر بلند آہنگ تھا کہ کسی نے اس کے گرنے کی آواز نہ سُنی نہ کوئی صدا اُبھری نہ کوئی چیخ بلند ہوئی خان چٹانوں پر لیٹ گیا۔ جہاں بھنور سیاہ بادلوں سے ملا ہوا تھا۔ جہاں موجیں اپنے بھیانک گیت الاپ رہی تھیں اور جہاں سے تند ہوا آ کر اس کی داڑھی کے سفید بالوں کو پریشان کر رہی تھی۔ ہلاکو اس کے قریب دونوں ہاتھوں سے منہ چھپائے ایک پتھر کے مجسمے کی طرح ساکت اور خاموش کھڑا تھا۔ وقت گذر رہا تھا۔ ہوا بادلوں کو ایک دوسرے کے پیچھے بھگائے لئے جا رہی تھی۔ بادل تاریک اور اداس تھے۔ اس بوڑھے خان کی طرح تاریک اور اداس جو بلند چٹانوں کے اُوپر لیٹا ہوا تھا۔

ہلاکو نے کہا "چلو ہم محل میں چلیں"۔

"مٹھہر" خان نے اِس طرح کہا گویا وہ کچھ سُن رہا ہو۔

وقت گذرتا گیا۔ موجیں بدستور شور کر رہی تھیں۔ ہوا پہلے کی طرح اب بھی چٹانوں سے ٹکراتی ہوئی گذرتی اور درختوں میں پہنچ کر چیختی چلاتی تھی۔

"بابا۔ اُٹھ گھر چلیں" ۔ ہلاکو نے پھر کہا۔

"تھوڑی دیر اور ٹھہر"

ہلاکو نے کئی دفعہ اُسے لوٹ چلنے کے لئے کہا مگر خان نے اس جگہ سے جنبش نہ کی۔ جہاں وہ اپنی بقیہ زندگی کی اُمیدوں کو دفن کر چکا تھا۔ لیکن تابہ کے، آخر وہ اُٹھ بیٹھا اور ضبط و غرور کے ساتھ کھڑا ہو گیا۔ اس کی تیوری چڑھی ہوئی تھی۔ اس نے ایک کھوکھلی آواز میں کہا:۔

"ہاں چل بابا"

وہ تھوڑی ہی دور چلے تھے کہ خان رُک گیا۔

"لیکن ہلاکو۔ میں کہاں جا رہا ہوں؟ جب وہ جو میری جان تھی۔ جاتی رہی۔ پھر کیا وجہ ہے کہ میں زندہ رہنے کی خواہش کروں؟ میں بوڑھا ہو چکا ہوں۔ اب مجھ سے کوئی محبت نہیں کریگا اور جب تو کسی انسان کا دامن محبت سے خالی دیکھے تو سمجھ لے کہ اسکا جینا بے فائدہ ہے"

"لیکن بابا۔ تیرے پاس دولت ہے طاقت اور شہرت ہے"

"مجھے صرف اس کی مسکراہٹ لادے اور یہ سب کچھ تو لے لے۔ یہ سب چیزیں بے جان ہیں۔ صرف محبت ہی ایک شے ہے۔ جو زندہ رہتی

ہے۔ جب انسان کی جھولی عشق ہی سے خالی ہو تو اس کے بدن میں زندگی کی تلاش بے سود ہے وہ کنگال ہے اس کی حالت پر ترس کھانا روا ہے میرے بیٹے الوداع! غیر فانی دیوتاؤں کی برکتیں تیری زندگی کے ہر دن اور ہر رات پر نازل ہوں"

خان نے پھر اپنا رُخ چٹانوں کی طرف پھیر لیا۔ "بابا۔ بابا" ہلاکو چلایا مگر وہ اور کچھ نہ کہہ سکا۔ اور وہ جس نے موت سے کبھی نہیں ہار مانی تھی۔ اُسے پھر اور کون روک سکتا ہے۔

"چھوڑ دے اور مجھے جانے دے"

یہ کہتا ہوا۔ ایشیا کا فاتح چنگیز خان تیزی کے ساتھ کنارے کی طرف جھپٹا اور ایک ہی جست میں اپنے آپ کو نیچے گرا دیا۔ اس کے پوتے نے اُسے روکا۔ اتنا وقت ہی نہ تھا۔ کہ اُسے پکڑ سکتا۔ چٹانوں سے پھر کوئی آواز نہ اُٹھی نہ کوئی چیخ نہ اتنے بڑے خان کے گرنے کی صدا۔ صرف بھاری موجیں اپنا دف بجا رہی تھیں اور ٹھنڈی ہوائیں جھوت اپنے بھیانک راگ گاتے چلے جا رہے تھے۔

ہلاکو دیر تک چٹانوں کے نیچے دیکھتا رہا۔ آخر کار اس نے بلند آواز سے کہا "غیر فانی دیوتاؤ! مجھے بھی ایسا ہی قوی دل دینا" اور رات کی تاریکی میں واپس لوٹ پڑا۔

انجامِ محبت

مشہور آرٹسٹ میری پکفورڈ کی داستانِ عشق

(جناب گوہر رام نگمری ایڈیٹر "چاند")

وہ آج "محبوبۂ جہان" ہے۔ لیکن پندرہ سال پیشتر سنہری بالوں والی اِس تیتری کو کوئی جانتا ہی نہ تھا۔ اس وقت وہ کتنی معصوم، نادان اور الھڑ تھی۔ آج وہ ہزاروں انسانوں پر چھا جاتی ہے۔ لیکن کبھی زمانہ تھا کہ وہ ڈائرکٹر اور چند اداکاروں کو دیکھ کر عرق شرم و حیا میں ڈوب جاتی تھی۔

یہ حیرت انگیز انقلاب، یہ کیف زا تبدیلی محبت و الفت کا ایک ادنیٰ کرشمہ ہے۔ گرفتھ کی نظر مردم شناس نے اسے گوشۂ گمنامی سے نکالا۔ اُسے تربیت دینا شروع کی۔ لیکن فوری کامیابی کی کوئی توقع پیدا نہ ہو سکی وہ ابھی بچی تھی۔ دنیا کے نشیب و فراز۔ تصنع اور بناوٹ سے قطعی بے خبر۔ جو فضا آجکل اس کے نقرئی قہقہوں سے گونج اٹھتی ہے۔ اس وقت اس کی سسکیوں سے مغموم و پریشان ہو جاتی تھی۔

دو سال گذر گئے۔

میری پکفورڈ منزل مقصود سے ابھی کوسوں دُور تھی۔ لیکن پھر بھی اُسے ایک فلم میں دھکیل دیا گیا ——— اُسے مکمل مایوسی ہوئی۔ وہ محبّت کرنا نہ جانتی تھی۔ اظہار محبت اس کے لئے ایک بالکل نئی چیز تھی۔ جس کو نہ ہی اس کا دماغ سمجھتا تھا اور نہ دل محسوس ہی کرسکتا تھا۔ وہ عشق و محبّت کی رنگینیوں سے قطعی لاعلم تھی۔ گرفتھ نے کوشش کی مگر بے سود۔ فطرت فطرت اور تصنع تصنع ہے۔ نقل کو اصل کر دکھانا ان معاملات میں تو بالکل غیر ممکن ہے ——— ایک چوبی ستون بھلا اس نوخیز حسینہ کے دل میں کیا ہیجان بپا کرسکتا تھا، قریب تھا کہ گرفتھ کا پیمانۂ صبر لبریز ہو جائے کہ ایک نوجوان درمیان میں آ کودا۔ اس کی آمد نے گرفتھ اور میری ہر دو کی کتابِ زندگی میں ایک حیرت انگیز اور دلفریب باب کا اضافہ کر دیا۔

یہ ارون مور تھا۔

ارون مور نے سترہ سالہ خوبصورت لڑکی کی طرف دیکھا۔ دونوں کے لبوں پر مسکراہٹ نمودار ہوئی۔ آنکھوں نے دل کا اور دل نے آنکھوں کا پیام سنا۔ وہ کچھ سمجھی اور کچھ نہ سمجھی۔ لیکن دل زور زور سے دھڑکنے لگا۔

یہ آغاز محبّت تھا، کتنا دلفریب، کتنا دل خوش کن اور کتنا سحر آفرین۔ لیکن کون جانتا تھا کہ اس محبت کا انجام کس قدر حوصلہ شکن اور مایوس کن ہوگا۔

فلم کی تیاری از سرِ نو شروع ہوئی - ہر روز دونوں کی ملاقات ہونے لگی - شخصیت نے ایک دوسرے کو متاثر کرنا شروع کیا ؎

الغرض یوں ہی ملاقات بڑھی   دل بڑھا ربط بڑھا بات بڑھی

اب اروِن مور طالب تھا اور میری مطلوبہ - میری نے شرمیلی نگاہوں سے مور کی طرف دیکھا - چہرے پر حیا کی سُرخی دوڑ گئی اور باریک آواز میں کہا:-
"مجھے تم سے محبت ہے" اس وقت اس پر والہانہ کیفیت طاری تھی۔ آنکھوں میں مسرت رقص کرنے لگی - گرفتھ خوشی سے دیوانہ ہو گیا - بے اختیار چلا اُٹھا - آج اس کی محنت کا ثمرہ مل گیا - اس نے اپنی ٹوپی اچھالتے ہوئے کہا:-
"میری! تم اظہارِ محبت میں اپنا ثانی نہیں رکھتیں - کسی روز تم آسمانِ شہرت پر ماہِ منور بن کر چمکو گی" ۔

یہ الفاظ کتنے صحیح ثابت ہوئے - اس کا جواب فلم بین بخوبی دے سکتے ہیں ۔

مور اور میری پکفورڈ ہر دو بسرعت ترقی و شہرت کی منازل طے کئے جا رہے تھے - دونوں کے دلوں میں جذباتِ محبت پرورش پا چکے تھے - اب ایک دوسرے سے وابستہ ہونے کے لئے بیقرار تھے ____

میری کی ماں ان کے تعلقات باہمی میں حائل تھی - اُسے میری کا ایک شاندار اور قابلِ رشک مستقبل نظر آ رہا تھا - لیکن ماں کی مخالفت کے باوجود میری مخفی وار مور سے محبت کرتی تھی - ایک دن کی فرقت بھی گوارا نہ کر سکتی تھی ۔

دونوں ساحلِ سمندر پر پھرتے، چاند کی چاندنی کا لطف اُٹھاتے یہاں

تک کہ ان کی محبت کے افسانے ہوا میں اُڑنے لگے۔ فلم کمپنیوں کو مصیبت کا سامنا ہوا۔ میری کے ساتھ مور اور مور کے ساتھ میری کو بھی ملازم رکھنا پڑتا۔

سازشوں اور ریشہ دوانیوں کا جال بچھا دیا گیا۔ مگر کسی کے پائے استقلال میں لغزش نہ آئی۔

شام کا وقت تھا۔ آسمان پر بادل چھائے ہوئے تھے۔ خوشگوار ہوا کے جھونکے محبت بھرے دلوں میں اک لطیف تڑپ سی پیدا کر رہے تھے۔ اس وقت میری اپنے رفیق مور کے خیال میں محو تھی۔ جو کاروباری سلسلوں میں چند ہفتوں کے لئے نیویارک جانے کے لئے مجبور ہو گیا تھا۔ اچانک کمرہ پر دستک ہوئی اور میری کی ماں آہستہ آہستہ اندر داخل ہوئی۔ اس نے اس کے شانوں پر تھپکی دیتے ہوئے کمزور آواز میں کہا:

"کچھ جانتی ہو میری؟"

"کیا" اس نے حیرت سے دریافت کیا۔

"مور کی محبت کا انجام"

"آخر کچھ کہو بھی" میری نے تڑپ کر پوچھا۔

"اس نے نیویارک میں شادی کر لی"

میری نے سُنا۔ ایک لحظہ میں چہرے کا رنگ اُڑ گیا۔ فرطِ غم سے کرسی پر گری اور بیہوش ہو گئی۔

میری کی ماں دیوانوں کی مانند ہوا میں دیکھنے لگی۔ اُسے معلوم نہ تھا کہ

میری کو اس قدر صدمہ ہوگا ۔ اس واقعہ میں دراصل کوئی صداقت نہ تھی ۔ یہ محض ایک سازش تھی جو انکو ہمیشہ ہمیشہ کے لئے جدا رکھنے کے لئے کی گئی تھی ۔
——— کئی روز گذر گئے ۔ اس کی حالت روز بروز بدتر ہوتی جا رہی تھی بیٹی کو جاتا دیکھ کر تمام حقیقت بلا کم و کاست بیان کردی ۔ وہ تندرست تو ہو گئی مگر اسے اپنی ماں سے نفرت ہو چکی تھی ؎

اس واقعہ کے بعد ایک لمحہ کے لئے بھی جدا رہنا آئین محبت کے خلاف تھا ۔ آخر وہ زمانہ آ گیا ۔ جس کا مدت سے بصد اضطراب انتظار کیا جا رہا تھا اور ایک خوشگوار اور سہاونی صبح کو مور اور میری اخلاقی اور قانونی طور پر ایک دوسرے کے ہو گئے ؎

کچھ عرصہ تو زندگی کی لذتوں سے مکمل طور پر بہرہ اندوز ہوئے ۔ مگر میری کی ماں کی دیرینہ خصلت از سر نو عود کر آئی ۔ اس نے اپنی چالبازیوں سے دولوں کی بہار شباب کو خزاں میں تبدیل کر دیا ——— بالآخر نو سال کے مختصر عرصہ کے بعد دونوں ایکدوسرے سے علیحدہ ہو گئے ۔ اس علیحدگی کا اثر ہر دو پر اس قدر ہوا کہ کئی ماہ تک کام کاج چھوڑ بیٹھے ۔ مور نے فلمی دنیا سے کچھ عرصہ کے لئے علیحدگی اختیار کر لی ۔ اور دُور بہت دُور کینیڈا کے سرد اور تنہا مقامات کی طرف نکل گیا اور میری ———
وہ کئی روز تک اپنے کمرہ میں بند پڑی رہی ۔ عرصہ تک دیوانوں اور پاگلوں ایسی باتیں کیا کرتی ۔ لیکن جو زخم ایک دفعہ پیدا ہو چکا تھا ۔ وہ باوجود

خواہش اور کوششوں کے بھر نہ سکا ۔
یہ ہے اُس محبت کا انجام جو ایک دلآویز اور سحر آگیں زمانہ میں شروع ہوئی ۔

بڑے آدمیوں کے عشق کی داستانوں کا ایک اور مجموعہ

بڑے آدمیوں کا عشق (حصہ : ۲)

مرتبہ : خوشتر گرامی

بین الاقوامی ایڈیشن جلد منظر عام پر آ رہا ہے